阅读之前 没有真相

午夜文库

阿加莎·克里斯蒂
赫尔克里·波洛系列

阿加莎·克里斯蒂
Agatha Christie（1890—1976）

无可争议的侦探小说女王，侦探文学史上最伟大的作家之一。

阿加莎·克里斯蒂原名为阿加莎·玛丽·克拉丽莎·米勒，一八九〇年九月十五日生于英国德文郡托基的阿什菲尔德宅邸。她几乎没有接受过正规的教育，但酷爱阅读，尤其痴迷于歇洛克·福尔摩斯的故事。

第一次世界大战期间，阿加莎·克里斯蒂成了一名志愿者。战争结束后，她创作了自己的第一部侦探小说《斯泰尔斯庄园奇案》。几经周折，作品于一九二〇年正式出版，由此开启了克里斯蒂辉煌的创作生涯。一九二六年，《罗杰疑案》由哈珀柯林斯出版公司出版。这部作品一举奠定了阿加莎·克里斯蒂在侦探文学领域不可撼动的地位。之后，她又陆续出版了《东方快车谋杀案》、《ABC谋杀案》、《尼罗河上的惨案》、《无人生还》、《阳光下的罪恶》等脍炙人口的作品。时至今日，这些作品依然是世界侦探文学宝库里最宝贵的财富。根据她的小说改编而成的舞台剧《捕鼠器》，已经成为世界上公演场次最多的剧目；而在影视改编方面，《东方快车谋杀案》为英格丽·褒曼斩获奥斯卡大奖,《尼罗河上的惨案》更是成为几代人心目中的经典。

阿加莎·克里斯蒂的创作生涯持续了五十余年,总共创作了八十余部侦探小说。她的作品畅销全世界一百多个国家和地区,累计销量已经突破二十亿册。她创造的小胡子侦探波洛和老处女侦探马普尔小姐为读者津津乐道。阿加莎·克里斯蒂是柯南·道尔之后最伟大的侦探小说作家,是侦探文学黄金时代的开创者和集大成者。一九七一年,英国女王授予克里斯蒂爵士称号,以表彰其不朽的贡献。

一九七六年一月十二日,阿加莎·克里斯蒂逝世于英国牛津郡沃灵福德家中,被安葬于牛津郡的圣玛丽教堂墓园,享年八十五岁。

阿加莎·克里斯蒂 侦探作品年表

波洛系列

1920	The Mysterious Affair at Styles《斯泰尔斯庄园奇案》
1923	Murder on the Links《高尔夫球场命案》
1924	Poirot Investigates《首相绑架案》
1926	The Murder of Roger Ackroyd《罗杰疑案》
1927	The Big Four《四巨头》
1928	The Mystery of the Blue Train《蓝色列车之谜》
1932	Peril at End House《悬崖山庄奇案》
1933	Lord Edgware Dies《人性记录》
1934	Murder on the Orient Express《东方快车谋杀案》
1935	Three-Act Tragedy《三幕悲剧》
1935	Death in the Clouds《云中命案》
1936	The ABC Murders《ABC谋杀案》
1936	Murder in Mesopotamia《古墓之谜》
1936	Cards on the Table《底牌》
1937	Dumb Witness《沉默的证人》
1937	Death on the Nile《尼罗河上的惨案》
1937	Murder in the Mews《幽巷谋杀案》
1938	Appointment with Death《死亡约会》
1938	Hercule Poirot's Christmas《波洛圣诞探案记》
1940	Sad Cypress《H庄园的午餐》
1940	One, Two, Buckle My Shoe《牙医谋杀案》
1941	Evil Under the Sun《阳光下的罪恶》
1943	Five Little Pigs《五只小猪》
1946	The Hollow《空谷幽魂》
1947	The Labours of Hercules《赫尔克里·波洛的丰功伟绩》
1948	Taken at the Flood《致命遗产》
1952	Mrs. McGinty's Dead《清洁女工之死》
1953	After the Funeral《葬礼之后》
1955	Hickory Dickory Dock《山核桃大街谋杀案》
1956	Dead Man's Folly《死者的殿堂》
1959	Cat Among the Pigeons《鸽群中的猫》
1960	The Adventure of the Christmas Pudding《雪地上的女尸》

阿加莎·克里斯蒂 侦探作品年表

1963　The Clocks《怪钟疑案》
1966　Third Girl《第三个女郎》
1969　Hallowe'en Party《万圣节前夜的谋杀案》
1972　Elephants Can Remember《大象的证词》
1974　Poirot's Early Stories《蒙面女人》
1975　Curtain—Poirot's Last Case《帷幕》

马普尔小姐系列

1930　The Murder at the Vicarage《寓所谜案》
1932　The Thirteen Problems《死亡草》
1942　The Body in the Library《藏书室女尸之谜》
1943　The Moving Finger《魔手》
1950　A Murder Is Announced《谋杀启事》
1952　They Do It with Mirrors《借镜杀人》
1953　A Pocket Full of Rye《黑麦奇案》
1957　4.50 from Paddington《命案目睹记》
1962　The Mirror Crack'd from Side to side《破镜谋杀案》
1964　A Caribbean Mystery《加勒比海之谜》
1965　At Bertram's Hotel《伯特伦旅馆》
1971　Nemesis《复仇女神》
1976　Sleeping Murder《沉睡谋杀案》
1979　Miss Marple's Final Cases《马普尔小姐探案》

其他系列及非系列

1922　The Secret Adversary《暗藏杀机》
1924　The Man in the Brown Suit《褐衣男子》
1925　The Secret of Chimneys《烟囱别墅之谜》
1929　Partners in Crime《犯罪团伙》
1929　The Seven Dials Mystery《七面钟之谜》
1930　The Mysterious Mr. Quin《神秘的奎因先生》
1931　The Sittaford Mystery《斯塔福特疑案》
1933　The Hound of Death《死亡之犬》
1934　Why Didn't They Ask Evans?《悬崖上的谋杀》
1934　The Listerdale Mystery《金色的机遇》

阿加莎·克里斯蒂 侦探作品年表

1934	Parker Pyne Investigates《惊险的浪漫》
1939	Murder Is Easy《杀人不难》
1939	And Then There Were None《无人生还》
1941	N or M?《桑苏西来客》
1944	Towards Zero《零点》
1945	Sparkling Cyanide《死亡的怀念》
1945	Death Comes as the End《死亡终局》
1949	Crooked House《怪屋》
1950	Three Blind Mice and Other Stories《三只瞎老鼠》
1951	They Came to Baghdad《他们来到巴格达》
1954	Destination Unknown《地狱之旅》
1958	Ordeal by Innocence《奉命谋杀》
1961	The Pale Horse《白马酒店》
1967	Endless Night《长夜》
1968	By the Pricking of My Thumbs《煦阳岭的疑云》
1970	Passenger to Frankfurt《天涯过客》
1973	Postern of Fate《命运之门》
1997	While the Light Lasts《灯火阑珊》

出版前言

纵观世界侦探文学一百七十余年的历史，如果说有谁已经超脱了这一类型文学的类型化束缚，恐怕我们只能想起两个名字——一个是虚构的人物歇洛克·福尔摩斯，而另一个便是真实的作家阿加莎·克里斯蒂。

阿加莎·克里斯蒂以她个人独特的魅力创造着侦探文学史上无数的传奇：她的创作生涯长达五十余年，一生撰写了八十余部侦探小说；她开创了侦探小说史上最著名的"黄金时代"；她让阅读从贵族走入家庭，渗透到每个人的生活中；她的作品被翻译成一百多种文字，畅销全球一百五十余个国家，作品销量与《圣经》、《莎士比亚戏剧集》同列世界畅销书前三名；她的《罗杰疑案》、《无人生还》、《东方快车谋杀案》、《尼罗河上的惨案》都是侦探小说史上的经典；她是侦探小说女王，因在侦探小说领域的独特贡献而被册封为爵士；她是侦探小说的符号和象征。她本身就是传奇。沏一杯红茶，配一张躺椅，在暖暖的阳光下读阿加莎的小说是一种生活方式，是惬意的享受，也是一种态度。

午夜文库成立之初就试图引进阿加莎的作品，但几次都与版权擦肩而过。随着午夜文库的专业化和影响力日益增强，阿加莎·克里斯蒂的版权继承人和哈珀柯林斯出版公司主动要求将版权独家授予新星出版社，并将阿加莎系列侦探小说并入午夜文库。这是对我们长期以来执着于侦探小说出版的褒奖，是对我们的信任与鼓励，更是一种压力和责任。

新版阿加莎·克里斯蒂作品由专业的侦探小说翻译家以最权威的英文版本为底本，全新翻译，并加入双语作品年表和阿加莎·克里斯蒂家族独家授权的照片、手稿等资料，力求全景展现"侦探女王"的风采与魅力。使读者不仅欣赏到作家的巧妙构思、离奇桥段和睿智语言，而且能体味到浓郁的英伦风情。

阿加莎作品的出版是一项系统工程，规模庞大，我们将努力使之臻于完美。或存在疏漏之处，欢迎方家指正。

新星出版社
午夜文库编辑部

Agatha Christie

Over the next few years, we plan to celebrate two very important Agatha Christie anniversaries. In 2015, it is the 125th anniversary of her birth in Torquay, South Devon, England, and in 2020 it will be 100 years after her first book, THE MYSTERIOUS AFFAIR AT STYLES, featuring her famous detective, Hercule Poirot, was published. This is therefore a very appropriate moment to publish a new edition of her works, and I am delighted that HarperCollins has chosen to work with New Star on these new editions. New Star is China's top crime publisher, and has a strong and dedicated editorial staff and a continued passion for Agatha Christie, making them the ideal partner. It is the right time to make these classic books available in modern translations and so to bring Agatha Christie's books anew to her many fans in China, giving them a new reason to re-read these much-loved stories, as well as introducing them to a whole new audience. How delighted Agatha Christie would have been that her stories (as she called them) are still giving so much pleasure to so many people all over the world!

I think there are two very remarkable things about Agatha Christie's stories. The first is that they are so adaptable. It doesn't really matter which language they appear in, the stories and the plots still give the same thrill, still provide the same puzzles, and the characters still have the same attraction. Readers in China will I am sure enjoy Hercule Poirot and Miss Marple just as much as we do in England, and readers in China will still be transfixed by the surprises and horrors of AND THEN THERE WERE NONE, one of the great classics of 20th century detective fiction, as we are here.

Agatha Christie

The second is that the stories give a wonderful picture of England, particularly rural England, at the time Agatha Christie lived. She wrote books from 1920 until 1970 but it is sometimes hard to tell which part of her life each book was written in. Her characters and the life they lived were very much the same. The life we all live is changing very quickly these days but "the Agatha Christie world" stays the same. Perhaps the Miss Marple stories provide the best example of this, and in some ways THE BODY IN THE LIBRARY and NEMESIS are quite similar, despite the fact that thirty years elapsed between the time they were written.

Perhaps I might end by mentioning three Agatha Christies (other than the ones mentioned above) which I think demonstrate why she is so popular, even in the twenty-first century. The first is MURDER ON THE ORIENT EXPRESS, one of the most famous with one of the most ingenious and human plots. Next read this or one of you long train journeys in China! Next is A MURDER IS ANNOUNCED, a Miss Marple which was her 50th book. It has my favourite murderer in it! And last is ENDLESS NIGHT — a story about evil and how it affects three young people, written at the time when I knew her best, and understood how deeply she cared and sympathised with young people and the world they lived in.

Whichever are your favourites I hope you enjoy these stories that New Star are introducing to you again. I think it is a great publishing event.

Mathew Prichard
Grandson of Agatha Christie
Chairman of Agatha Christie Ltd

致中国读者
(午夜文库版阿加莎·克里斯蒂作品集序)

在过去的几年中,我们一直在筹备两个非常重要的关于阿加莎·克里斯蒂的纪念日。二〇一五年是她的一百二十五岁生日——她于一八九〇年出生于英国的托基市;二〇二〇年则是她的处女作《斯泰尔斯庄园奇案》问世一百周年的日子,她笔下最著名的侦探赫尔克里·波洛就是在这本书中首次登场。因此新星出版社为中国读者们推出全新版本的克里斯蒂作品正是恰逢其时,而且我很高兴哈珀柯林斯选择了新星来出版这一全新版本。新星出版社是中国最好的侦探小说出版机构,拥有强大而且专业的编辑团队,并且对阿加莎·克里斯蒂的作品极有热情,这使得他们成为我们最理想的合作伙伴。如今正是一个良机,可以将这些经典作品重新翻译为更现代、更权威的版本,带给她的中国书迷,让大家有理由重温这些备受喜爱的故事,同时也可以将它们介绍给新的读者。如果阿加莎·克里斯蒂知道她的小故事们(她这样称呼自己的这些作品)仍然能给世界上这么多人带来如此巨大的阅读享受,该有多么高兴啊!

我认为阿加莎·克里斯蒂的作品有两个非常重要的特征。首先它们是非常易于理解的。无论以哪种语言呈现,故事和情节都同样惊险刺激,呈现给读者的谜团都同样精彩,而书中人物的魅力也丝毫不受影响。我完全可以肯定,中国的读者能够像我们英国人一样充分享受赫尔克里·波洛和马普尔小姐带来的乐趣，中国读者也会和我们一样，读到二十世纪最伟大的侦探经典作品——比如《无人生还》——的时候，被震惊和恐惧牢牢钉在原地。

第二个特征是这些故事给我们展开了一幅英格兰的精彩画卷，特别是阿加莎·克里斯蒂那个年代的英国乡村。她的作品写于上世纪二十年代至七十年代间，不过有时候很难说清楚每一本书是在她人生中的哪一段日子里写下的。她笔下的人物，以及他们的生活，多多少少都有些相似。如今，我们的生活瞬息万变，但"阿加莎·克里斯蒂的世界"依旧永恒。也许马普尔小姐的故事提供了最好的范例：《藏书室女尸之谜》与《复仇女神》看起来颇为相似，但实际上它们的创作年代竟然相差了三十年。

最后，我想提三本书，在我心目中（除了上面提过的几本之外）这几本最能说明克里斯蒂为什么能够一直受到大家的喜爱。首先是《东方快车谋杀案》，最著名，也是最机智巧妙、最有人性的一本。当你在中国乘火车长途旅行时，不妨拿出来读读吧！第二本是《谋杀启事》，一个马普尔小姐系列的故事，也是克里斯蒂的第五十本著作。这本书里的诡计是我个人最喜欢的。最后是《长夜》，一个关于邪恶如何影响三个年轻人生活的故事。这本书的写作时间正是我最了解她的时候。我能体会到她对年轻人以及他们生活的世界关心至深。

现在新星出版社重新将这些故事奉献给了读者。无论你最爱的是哪一本，我都希望你能感受到这份快乐。我相信这是出版界的一件盛事。

阿加莎·克里斯蒂外孙

阿加莎·克里斯蒂有限责任公司董事长

马修·普理查德

二〇一三年二月二十日

阿加莎·克里斯蒂侦探作品集㉑

云中命案
Death in the Clouds

Agatha Christie

[英] 阿加莎·克里斯蒂 著
于婉青 译

新 星 出 版 社　NEW STAR PRESS

献给奥蒙德·比德尔

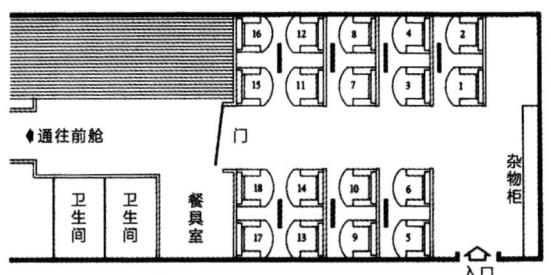

普罗米修斯号后舱平面图

乘客名单

二号座位	吉塞尔夫人
四号座位	詹姆斯·赖德
五号座位	阿曼德·杜邦先生
六号座位	让·杜邦先生
八号座位	丹尼尔·克兰西
九号座位	赫尔克里·波洛
十号座位	布莱恩特医生
十二号座位	诺曼·盖尔
十三号座位	霍布里伯爵夫人
十六号座位	简·格雷
十七号座位	维尼蒂娅·克尔

目录

1	第一章 从巴黎到克里登
9	第二章 案发
14	第三章 克里登
30	第四章 听证会
42	第五章 听证会之后
50	第六章 咨询
55	第七章 各种可能性
66	第八章 清单
72	第九章 埃莉斯·格兰迪尔
79	第十章 小黑本
88	第十一章 美国人
101	第十二章 霍布甲庄园
109	第十三章 安托万美发厅
118	第十四章 玛萨维山
124	第十五章 布鲁姆斯伯里
133	第十六章 计划
142	第十七章 万德沃斯

目 录

- 146 第十八章 维多利亚女王街
- 150 第十九章 罗宾逊先生的出场和退场
- 160 第二十章 哈利街
- 163 第二十一章 三条线索
- 169 第二十二章 简的新工作
- 176 第二十三章 安妮·莫里索
- 185 第二十四章 一片碎指甲
- 188 第二十五章 "我很害怕"
- 196 第二十六章 晚餐后的演讲

第一章 从巴黎到克里登

九月的太阳火辣辣地晒着布尔歇机场。乘客们通过地下通道，登上飞往伦敦克里登机场的"普罗米修斯"号航班。再过几分钟，飞机就要起飞了。

简·格雷随着最后一批登机的旅客进入机舱，在十六号自己的座位上坐下来。一些乘客已经通过中门旁的洗手间和餐具室，来到前舱。大部分人都已落座。过道对面，一位女士的尖嗓音在乘客嘈杂的交谈中显得很突出。简微微撇了下嘴角，她太熟悉这声音了。

"天啊，真了不起……我不知道……你说哪儿？胡安莱潘①？哦，对……不，是皮内②……对，还是那些人……我们当然坐在一块儿……不行吗？谁？……哦，是这样。"

然后，一个带有外国口音的男声语气温和地说："我不胜荣幸，夫人。"

---

① 法国城市，位于戛纳和尼斯之间。
② 法国埃罗省的一个市镇，位于南部沿海地区。

简朝那边瞟了一眼。

他微微上了点儿年纪，正很有礼貌地点着自己蛋形的头，拿着行李进入座位。他的座位就在过道对面，与简相对。简微微侧了侧头，将视线转到另外两个似乎不期而遇的女士身上，她们正像陌生人一样有礼貌地寒暄着。她们的谈话中提到皮内，引起了简的注意，因为她刚去过那个地方。

其中一位女士，简对她记忆犹新，清楚地记得最后一次见到她时的情形——那是在纸牌桌上，她那双小手时而攥紧，时而放松，妆容精致得像德累斯顿瓷器的脸上，神色变幻不定。稍一回想，简觉得自己还能记得她的名字，有位朋友提到过，还评论说她也算是个贵族，但不是那种真正的贵族，只是个合唱团里的姑娘。朋友的声音里充满轻蔑——她叫梅西，是个一流的按摩师。

另外那位女士，简在心里顺带评估了一下，倒是个"货真价实"的贵族，是那种热爱骑马和乡间生活的类型。接下来，简把这两位弃之脑后，不再注意她们，将兴趣转到窗外布尔歇机场的繁忙景象上。机场上散布着其他一些机器，其中一架像个巨大的金属蜈蚣。

她看来看去，就是不看自己的正前方。在她对面的座位上坐着一位年轻人，他穿着鲜艳的浅蓝色套头衫。简决意让自己的视线保持在套头衫肩部以下，免得对上他的目光。她可不能让那样的事情发生！

机械师用法语喊叫着什么，发动机顿时开始轰鸣，停了停，又再次轰鸣起来。机械师移开障碍物，飞机起飞了。

简屏住呼吸。这是她第二次乘坐飞机，仍然对起飞感到激动不已。起飞就像是——就像是一定会撞到栅栏上——其实只是离开了地面，上升，上升，展翅飞去，将布尔歇机场远远抛在脚下。

前往克里登的午间航班开始了航程。飞机上载有二十一位乘客，前舱坐了十位，其余十一位坐在后舱。机组包括两名驾驶员和两位乘务员。飞机发动机的轰鸣已经得到有效的抑制，尽管还不至于用耳塞堵住耳朵，但噪声也足以湮灭大家交谈的欲望，只能冥思遐想了。

飞机在法兰西上空飞行，后舱的乘客各自想着心事。

简·格雷心想："别看他……别看……最好不看。我要一直看着窗外想事，心有旁骛会让自己心神安宁，这样才能避免去看他。既然开始了这趟旅程，我就要好好完成。"

简的思绪回到她是怎么开始这趟旅程的——从购买那张"爱尔兰思维普"彩票开始。那对自己而言真是件奢侈的事，不过是多么令人激动啊！

简和美容厅工作的年轻同事们常常在一起嬉笑逗趣，同事问过她："假如你中了彩票，你打算做什么，亲爱的？"

"我已经有了打算。"

计划、空想、嬉笑。

不过，虽然她并未中头彩，可她还是赢得了一百英镑！

整整一百英镑呢！

"花掉一半，亲爱的，另一半存起来以备不时之需，谁知道哪天需要呢。"

"如果我是你，就去买一件最好的皮衣。"

"来趟旅行怎么样？"

要不要去旅行，简举棋不定，不过，那倒是她心向往之的。终于，她拿定了主意。第一个念头就是去皮内待上一星期。她的许多顾客都去过那里，或是刚从那里回来。她一边用灵巧的手指摆弄她们的卷发，习以为常地叨叨着那些千篇一律的话——"让我看看，夫人，你有多久没做头发了？""太太，你的发色真是不同寻常啊。""这个夏天真不错,是不是,夫人?"——一边心里在想:"凭什么我就不能去趟皮内呢?"好啦,现在她也去过了。

穿什么衣服去完全不是问题。像简这样在小公司供职的伦敦姑娘都有一衣柜上好的时装。此外,指甲、化妆和发型也绝不逊色于任何一位上流社会的贵妇人。

简就这么去了皮内。

可是,令人难以置信的是,在简的脑海里,这十天的皮内之旅,在她心中只留下了一个小插曲。

那个插曲发生在轮盘赌的台子上。每天晚上,简都会拿出一小笔钱去领略一下赌博的乐趣,输完就走,绝不恋战。人们都说新手赌博手气好,简可没沾着什么光,手气坏透了。她连续赌了四个晚上,一直很小心地下注,但总是输多赢少。到了最后一个晚上,手里还剩最后一把筹码,她攥着筹码等待下注的机会。

赌盘上除了五和六两个位置外都已被人下了注。她应当把最后的筹码押在哪个格里?是押其中一个,还是各押一半?押五还是押六?哪个更有感觉?轮盘要转起来了,简伸出手,把赌注放在六点上,与此同时,对面一位赌客也及时将自己的赌注放在了五点上。

"赌注下定。"庄家说。

小球转了一会儿,停了下来。

庄家说:"五点红,单数。"

简差点没哭出声来。庄家收走输家的筹码,付给赢家。对面的赌客说:"你怎么还不查点自己的胜码?"

"我赢了?可我下的是六点啊。"

"哪里哪里,我下的才是六点,你下的是五点。"他微微一笑,非常迷人,雪白的牙齿衬托着褐色的脸庞;湛蓝眼睛,留着精神的短发。

简半信半疑地拿起筹码。是这样吗?她给弄糊涂了,也许刚才她是押在五上了?她用怀疑的目光看了看年轻人,他回报了一个轻松的笑容。

"没错,"他说,"你要是不拿走,会有别人声称那是他的筹码,这是个老戏法。"他友好地点点头,转身而去。这人真不错,她想,也许他这么做是想和自己套近乎。不过看来他不是那种人,他很随和。现在,他就坐在她对面。

旅程结束——钱也花完了——最后两天在巴黎度过(真是乏味的两天),现在乘飞机回家。

接下来如何呢?

"打住,"简对自己的理性说,"不要想接下来会如何,那只会让人紧张。"

过道对面的两个女人停止了交谈。简看过去,见那位德累斯顿瓷器女人正气呼呼地检视自己破损的指甲。她拉铃叫来了身穿白色制服的乘务员:"你去前舱把我的女仆叫来。"

乘务员恭顺地迅速走开。不一会儿,一个黑发黑衣的法国姑娘拿着一只首饰盒走了过来。霍布里夫人用法语对她说:"玛德琳,我要的是那只红皮摩洛哥小盒。"

法国姑娘又匆忙穿过过道,走到机舱尽头,那里有一大堆各式各样的盒子。她拿来一只红皮化妆盒。塞西莉·霍布里接过小盒说:"就放在这儿吧。"

女仆走了。霍布里夫人打开有着漂亮内衬的首饰盒,拿出指甲钳。之后,她又对着一面小镜子起劲地照来照去,这里扑点粉,那里抹些口红。

简轻蔑地撇撇嘴,目光望向机舱的其他地方。

两个女士后面坐着那位外国小个子男人。他已经与那位乡下妇人换了座位。他怕冷似的裹着厚外套，似乎睡得很沉。也许被简的眼光惊动了，他睁开眼睛，注视了她一会儿，又重新闭上。

他身旁坐着一位灰发高个儿男子，面前放着一个打开的长笛盒子。他正小心地擦拭着手中的长笛。简觉得他不像是搞音乐的，倒像是律师或者医生。

他们身后是两个法国人，一个留着大胡子，另一个则年轻得多，像是一对父子。两人正指手画脚，激动地谈着话。

简无法看到自己这行座位的情况，她的视线被身着蓝套衫的男子挡住了，就是那个她出于某种原因刻意不去看的人。

"真是莫名其妙，还觉得挺刺激的，好像十七岁的女孩似的。"简对自己颇为不满。

坐在她对面的诺曼·盖尔也在想："她很漂亮——真的很漂亮。她一定还记得我。她的筹码被庄家扫走时是多么失望呀，看她收回筹码的表情真让人感到愉快，付出更多代价也是值得的。我当时那么做太对了。她笑起来的样子好迷人——牙龈粉红，牙齿雪白，一点龋齿都没有——糟糕，我都开始兴奋了，老实点，你这小子……"

他对拿着菜单站在身边的乘务员说："我要冷牛舌。"

霍布里伯爵夫人在想："天哪，我该怎么办呢？一切都这么乱七八糟的，真让人烦透了。我看不出有什么别的办法，我必须鼓起勇气来。我鼓得起勇气吗？这样能蒙混过关吗？我的勇气已经化为乌有了，都用完了，我以前干吗要那样呢？我的样子看起来很糟糕，简直糟糕透了。维尼蒂娅·克尔那老猫也在，这让情况变得更糟。她看着我，就好像我是一条腥鱼。她自己想得到斯蒂芬，不过目前还没得逞。她那张大长脸真让我烦透了，就是张马脸。我恨这些乡下女人。天哪，我该怎么办呢？我已经绞尽脑汁了，那老东西说的话是什么意思呢？"

她从化妆包里摸索出烟盒，取出一支烟装在长长的烟嘴上，手轻微地颤抖着。

令人尊敬的维尼蒂娅·克尔在想："这小荡妇，她就是个荡妇，看上去道貌岸然，其实就是个彻头彻尾的荡妇。可怜的老斯蒂芬——只要他能回心转意，甩掉她……"

她也拿出自己的烟盒，并接过霍布里夫人递过来的火柴。乘务员连忙说："对不起，夫人们，飞机上不能抽烟。"

塞西莉·霍布里说："见鬼。"

赫尔克里·波洛先生想的是："那位姑娘很标致，从下巴上看是个很有决断力的人。她为什么一副忧心忡忡的样子？为什么那么坚决地不看对面的英俊小伙子？显然她很在意他，而他也……"

飞机微微往下一沉。

"讨厌。"波洛先生想，赶紧闭上了眼睛。

在他身旁，布莱恩特医生用紧张的双手抚摸着长笛，想："我很难作出决定，很难啊。这将是我一生的转折点……"他小心翼翼地将长笛从笛盒里拿出来。音乐使人远离一切尘世的烦恼。他浅笑着将笛子放在嘴边，然后又放了回去。

他身旁那位留小胡子的小个子男人已经睡得很沉了。刚才飞机有一阵子小小的颠簸，那人明显地脸色发青。布莱恩特医生很高兴自己既不晕船也不晕车，更不晕飞机。

老杜邦对身旁的小杜邦用法语嚷道："这很明显嘛，他们都错了。那些德国人、美国人还有英国人，根本不懂如何鉴定史前陶器的时间。比如萨马拉的器皿……"

儿子让·杜邦似乎有些不以为然，故意轻描淡写地说："你这么说得拿出所有相关证据才行……"

他们就这样一直闲聊着。

阿曼德·杜邦打开一只手提包。"比如这些库尔德人的烟杆,刚出厂不久,但它们上面的图案与公元前五千年前的装饰图案几乎一模一样……"他连说带比画,手一挥,差点儿弄翻了乘务员正往他面前放的盘子。

侦探小说家克兰西先生从诺曼·盖尔的座位后面站了起来,向机舱那头走去。他从风衣兜里取出笔记本,回到自己的座位上,继续构思自己的犯罪小说。

坐在他身后的赖德先生在想:"我一定要坚持住,尽管困难很大,这次分红我一定要增加留存,一旦过了这一关……"

诺曼·盖尔站起身去了洗手间。他一走,简就拿出小镜子,急切地察看自己的妆容,还补了补妆。

乘务员将咖啡放到她面前。

简向窗外看去,英吉利海峡在太阳下闪着蓝光。

一只黄蜂在克兰西先生的头上盘旋。他不经意地挥了挥手,黄蜂又嗡嗡飞去拜访杜邦父子的咖啡杯。让·杜邦灵巧地捏死了它。

谈话声慢慢停止了,机舱终于安静下来。不过乘客们并没有停止思索。

坐在机舱顶头二号座位的吉塞尔夫人的头猛地朝前垂下来。如果有人看见,会以为她睡着了。可她并没有睡觉,但也不能说话,不能思考了。

吉塞尔夫人死了。

第二章 案发

　　两个乘务员中年长的那位，亨利·米切尔，游走于各张小桌之间，放下客人的账单。再过半个小时飞机就将到达克里登机场。他一边收着钞票和银币，一边微微鞠躬，说："谢谢，先生……谢谢，夫人。"他来到法国父子桌旁，等了一两分钟，他们还在不停地指手画脚，争论不休。他闷闷不乐地想，恐怕从他们父子那里一个子儿都拿不到了。
　　有两位乘客睡着了。一位是留胡髭的小个子男人，还有一位是机舱那头的老夫人。老夫人给小费一向很慷慨——他还记得与她的那几次相遇，因此并不急于叫醒她。那位留胡髭的小个子男人睁开了眼睛，把钱给了米切尔。他只喝了一瓶苏打水，吃了一包饼干。
　　米切尔尽可能拖延时间，不去打扰另一位睡着的乘客。直到飞机降落前五分钟的时候，他走到吉塞尔夫人面前，欠身说："对不起，夫人，您的账单。"他轻轻在她肩上拍了拍，她没有醒来。他又加了点力气温和地推了推她，没想到她的身子倒在了座位里。米切尔弯腰看了看，然后苍白着脸直起身子。

＊　＊　＊

另一位乘务员艾伯特·戴维斯说："真的吗？"

"没有半句假话。"米切尔脸色苍白，身体不停颤抖。

"肯定没错儿，亨利？"

"完全肯定。至少……嗯，也许是突然昏厥。"

"还有几分钟飞机就要降落了。"

"如果她只是……"

他们犹豫了片刻，然后分头行动。米切尔来到后舱，挨着座位俯身低声问道："对不起，先生，请问您是医生吗？"

诺曼·盖尔说："我是牙科医生。假如需要我做什么事情的话……"他从座位上站了起来。

"我是医生。"布莱恩特先生说，"出了什么事？"

"那边的那位女士，她的样子挺可怕的。"

布莱恩特站起身，随着乘务员走过去，留胡髭的小个子男人也悄悄地跟了上去。布莱恩特弯腰察看瘫在二号座位上的乘客。那是个身材微胖的中年女士，穿着深黑色的衣服。

医生稍做检查后就说："她死了。"

米切尔说："你觉得她是……怎么死的？"

"在详细检查之前我还难以做出判断。你最后一次看到她是在什么时候？我的意思是，看到她活着的时候。"

米切尔想了想。"我送咖啡来的时候她还好好的。"

"那是什么时间？"

"大约四十五分钟之前。然后我来收账单，以为她睡着了。"

布莱恩特说："她死了至少有半个小时。"

他们的对话引起了大家的注意，乘客们转向他们的方向，伸长了脖子望着他们。

"我觉得很可能是某种病，比如晕厥。"米切尔满怀希望地说，坚持他那套晕厥的说法。他的小姨子就是死于晕厥，他觉得这是一种平常的说法，每个人都能接受。

布莱恩特医生对他的话不置可否，只是满脸困惑地摇了摇头。他身后传出一个声音，是那位留胡髭的小个子男人。

"你们看，"他说，"她的脖子上有一个痕迹。"

他说得很小心，好像怕被人误解为卖弄知识似的。

"确实是。"布莱恩特医生说。

死者的头偏向一边，喉部一侧有一个很小的针眼，周围是一圈红晕。

"对不起，"杜邦父子也加入进来，他们已经站在旁边听了一会儿了，"你说那个女人死了，她脖子上有个痕迹？"说话的是小杜邦。他接着说："可以做一个假设吗？曾有一只黄蜂在机舱里飞来飞去，我弄死了它。"他展示了一下自己咖啡碟上的死黄蜂，"是不是黄蜂叮死了那可怜的人？我听说有过这种事情。"

"有可能，"布莱恩特应道，"我见过这种病例。对，这种解释完全成立，特别是那些心脏病患者。"

"我该做什么呢，医生？"乘务员说，"飞机马上就要到达克里登了。"

"安静，安静。"布莱恩特挪动了一下身体说，"什么都别做。乘务员，尸体不能动。"

"是，先生，我明白了。"

布莱恩特打算回到座位上，但随即他吃惊地发现那位小个子男人却站着一动不动。

"这位先生,"他说,"你最好回到座位上去,飞机马上就要降落了。"

"说得对,"乘务员提高了嗓门说,"请大家都回到自己的座位上去。"

"对不起,"小个子男人说,"这儿有个东西——"

"有个东西?"

"是的,我们忽略了这个。"他用皮鞋尖一指,算是一种说明。乘务员和布莱恩特望去,看见一个黄黑相间的东西半掩在死者的黑裙下面。

"又是一只黄蜂?"医生大吃一惊。

赫尔克里·波洛跪下去,从口袋里拿出一把镊子,十分小心地夹起他的战利品。

"看上去确实非常像黄蜂,"他说,"可它不是。"

他来回转动着镊子,医生和乘务员终于看清楚了。这东西一头是橙黄色丝绒,另一头是样式奇特的染色针尖。

"天啊,我的天啊!"是克兰西先生在感叹。他已经离开座位,正拼命从乘务员的肩后探过头来。"离奇,真是太离奇了。我一生中从未见过这样离奇的事情。我发誓,我以前绝不会相信这种事情。"

"能不能说得更明白一些,先生?"乘务员说,"你认识这东西?"

"岂止认识。"克兰西先生露出一丝满足和得意,"先生们,这东西是某个原始部落的武器,由吹管发射。我不敢确定这东西来自南美还是婆罗州,不过我敢肯定那针尖上——"

"——涂有南美印第安人所使用的著名箭毒。"赫尔克里·波洛接过话来,"哎呀,这可能吗?"

"这真是非同小可。"克兰西先生仍然激动不已,"我得说,太不寻常了。我自己就是侦探小说家,可在现实生活中遇到这种事——"

他说不出话了。

飞机猛然放慢了速度,机上站着的人摇晃了一下。飞机在克里登机场降落了。

第三章 克里登

乘务员和医生已把操控全局的位置让给了那个怪模怪样的小个子男人。他的话充满自信和权威,也无人对此提出质疑。

他在米切尔耳旁低语了些什么,后者点点头,推开乘客们走过去,在洗手间旁连接前舱的通道口站住,把住这个出入要道。

此时飞机正在跑道上滑行,等飞机完全停稳后,米切尔提高嗓门说:"女士们,先生们,请大家坐在座位上,保持安静,直至有关当局派人前来处理。我希望不会耽误大家太久。"大多数乘客都接受了这一合情合理的指令,只有一个人尖声反对。

"胡说!"霍布里夫人气愤地嚷道,"你不知道我是谁吗?我要求立即下飞机。"

"非常抱歉,夫人,你不能下飞机。"

"真是岂有此理,太荒谬了,"塞西莉愤愤地跺着脚说,"我要去公司告你,把我们和尸体一起关在机舱里。"

"没错,亲爱的,"维尼蒂娅·克尔慢吞吞地拉长调子,"确实很可怕,不过我看我们只能忍受一下了。"她坐下来拿出烟盒,"现在可以抽烟了吗,乘务员?"

疲倦不堪的米切尔说:"我想现在可以。"他抬头望去,戴维斯已经将前舱乘客从应急门送下了飞机,然后自己去找当局报警。

等待的时间并不长,但大家还是觉得至少等了半个小时,才看到来了一位身着便装、有军人气质的人,后面跟着一位穿制服的警官。他们急急忙忙穿过机场,爬上舷梯,从米切尔为他们打开的舱门走进机舱。

"好了,你们说说怎么回事吧。"来者以轻快的官方口吻问。他先听米切尔介绍,再听了布莱恩特医生的证词,又打量了一下瘫在座位上的尸体。他对警官说了几句话,然后转向乘客们。"女士们,先生们,请大家跟我来。"他领着大家下了飞机,穿过机场,没有像平常那样经过边检站,而是来到一间专用小屋。

他说:"女士们,先生们,除非必要,否则我不会耽搁大家太多的时间。"

"听我说,警官先生,"詹姆斯·赖德说,"我在伦敦有个十分重要的商务会谈。"

"对不起,先生。"

"我是霍布里伯爵夫人,我不能容忍你们把我卷进这件事里。"

"非常抱歉,霍布里伯爵夫人。不过你也明白,这件事很严重,像是一起谋杀案。"

"南美印第安人的箭毒!"克兰西先生兴奋地喃喃着,掩饰不住开心的表情。

警官狐疑地看着他。

那对法国考古学家用法语对警官说了什么,警官缓慢而谨慎地用法语回答了他们。

维尼蒂娅·克尔说:"这事情真让人心烦。不过我想,警官,这也是你的公务。"

面对伸出的援手,警官充满感激地回应道:"谢谢你,夫人。"他接着说:"请各位女士、先生暂候,我有话要对这位……这位医生说。"

"我叫布莱恩特。"

"谢谢,请到这边来,医生。"

"你们的谈话能让我参加吗?"说话者是那个留胡髭的小个子男人。警官回过头,刚要说不,却突然缓和了脸色。

"对不起,原来是波洛先生。你用围巾遮着脸,我刚才没认出你来。没问题,尽管来吧。"

警官打开门,让布莱恩特和波洛通过,然后关上门,将其他人狐疑的目光留在门后。

"怎么他就可以出去,而我们必须留在这里!"塞西莉·霍布里夫人喊叫起来。

维尼蒂娅·克尔夫人顺从地在凳子上坐下来。

"也许他是个法国警察,"她说,"或者是海关的人。"

她点了支烟抽起来。

诺曼·盖尔羞怯地对简说:"我在……呃……皮内见过你。"

简说:"我去过皮内。"

盖尔说:"那地方真是不错,我喜欢那些松树。"

简说:"是的,那些树有股清香味。"

接下来他们沉默了一两分钟,拿不准再说些什么才好。

终于,盖尔说:"我……我一上飞机就认出了你。"

简表现出大吃一惊的样子:"是吗?"

盖尔说:"你觉得这是一起谋杀案吗?"

"我想是。"简说,"它既让人不寒而栗,又使人心生厌恶。"

简说着颤抖了一下,诺曼·盖尔稍稍靠近她一些,以示某种保护。

杜邦父子继续用法语说着话。赖德先生在一个小笔记本上计算着什么,又不时看看手表。塞西莉·霍布里夫人不耐烦地蹬着地板,用抖动的手点燃了一支烟。一位面无表情、体格高大的警察倚靠在关着的房门上。

隔壁房间里,杰普警督在同布莱恩特和波洛谈话。

"你总是能够在最不可能的地方出现,波洛先生。"

"克里登机场好像也不在你的管辖范围之内,我的朋友。"波洛回敬道。

"哦!我正在跟踪一个走私集团的大头目。也许是运气吧,这件事被我撞上了,我已经很多年没碰到过这种大案子了。好了,我们言归正传。医生,首先请您告诉我您的全名和地址。"

"罗杰·詹姆斯·布莱恩特,耳喉专科医生,地址是哈利街三二九号。"

桌旁一位身材粗壮的警察记下了他说的话。

"当然啦,我们自己的法医会检查尸体,"杰普警官说,"但我们还会让你参加验尸。"

"那是当然,那是当然。"

"被害者大约是什么时候死的?"杰普问。

"我查看她时飞机还有几分钟就要降落了,她死在至少半个小时之前。我无法给出更精确的时间,不过据乘务员说,一小时之前他还和她说过话。"

"不管怎么说,这已经缩短了时间范围。也许我问得很多余,你发现什么可疑之处了吗？"

医生摇摇头。

"而我，我当时在睡觉，"波洛哭丧着脸说，"一坐飞机我就不舒服，坐船也是这样，我必须得把自己裹起来努力睡上一觉。"

"你认为死因是什么，医生？"

"目前我还不能作出判断，这案子需要由验尸官来检查和分析。"

杰普同意地点点头。"好吧，医生，我想没有必要让你留下来了。不过，嗯……还有一些手续要办，其他的乘客也一样，任何人都不能例外。"

布莱恩特医生微笑着说："我希望你能证实我身上没有吹管或者其他什么秘密杀人武器。"

"罗杰斯会处理的。"杰普朝他的下属点点头，"顺便问问，医生，你看这上面是……"他指了指躺在桌上一个小盒子中那枚染了色的钢针。

布莱恩特医生摇摇头。"还没有经过化验，很难说是什么。箭毒是土著人常用的毒素，我想是这样。"

"这种毒素效果很灵吗？"

"很有效，毒素发作迅速而且致命。"

"不过这种毒素很难获得吧？"

"对外行来说是这样。"

"那我们可得好好调查你了。"杰普似乎是个爱开玩笑的人。他叫来罗杰斯，医生和这位警察助手一道走出了房间。

杰普在椅子上探过身体，望着波洛说："真是既离奇又荒唐。我是说，在飞机上用吹管发射毒针，这对人的智力是一种侮辱。"

"你的话意味深长，我的朋友。"波洛说。

"我们有几个人在搜查飞机。指纹专家和摄影师立即就到。我想请乘务员进来。"他走到门口发出指令，两位乘务员鱼贯而入。年轻一点的乘务员已经恢复了平静，除了有些兴奋，看不出别的情绪。另一位乘务员仍然脸色发白，惊魂未定。

"好了，小伙子们，"杰普说，"坐下。护照收齐了吗？……好。"他迅速整理了一下这些护照，抽出其中一本，"哦，就是她，玛丽·莫里索，法国护照。你们知道关于她的什么情况？"

"我以前见过她，"米切尔说，"她经常来往于英法两国之间。"

"啊，看来是商业旅行。你知道她有什么业务吗？"

米切尔摇了摇头。年轻的乘务员说："我也记得她，有一次她在巴黎搭乘八点的早班飞机。"

"你们谁是最后见到她活着的人？"

"他。"年轻乘务员指了指伙伴。

"对，"米切尔说，"我当时给她送咖啡。"

"那时她看上去怎么样？"

"不好说，我没怎么注意她。我只是递给她糖罐，给她牛奶被谢绝了。"

"那是什么时候？"

"说不准，当时我们在英吉利海峡上空，大约是在两点钟吧。"

"差不多是那个时间。"那个叫艾伯特·戴维斯的乘务员说。

"你再次见到她是什么时间？"

"是在我收账单的时候。"

"那是什么时间？"

"大约一刻钟之后吧。我还以为她睡着了，哎呀，她那时候恐怕已经死了。"他的声音听起来仍很惊恐。

"你当时没见到这东西？"杰普指了指钢针。

"没有，先生。"

"你呢，戴维斯？"

"我去给她送配奶酪的饼干，那是我最后一次见到她。当时她还好好的。"

"你们一般怎么送餐？"波洛问：'是两人分舱发送？"

"不，我们是一起发送。先送汤，然后是肉食、蔬菜、沙拉，接着是甜点之类的。我们先送后舱，然后出来，装好新的餐盒后再送前舱。"

波洛点点头。

"这位叫莫里索的女人在飞机上和谁说过话吗？或者表现出认出谁的样子？"杰普问。

"我没看见。"

"你呢，戴维斯？"

"我也没有。"

"飞行当中她离开过座位吗？"

"我看没有。"

"你们想想还有什么可提供的线索？"

两人想了一下，都摇摇头。

"那今天就到这里吧。我们还会再见面的。"

亨利·米切尔严肃地说："发生这样的事很糟糕。尽管我觉得很烦，但我一直在负责任地处理。"

"是这样的。我看不出你有什么可受责备的地方。"杰普说，"而且我也很同意你的话，发生这样的事确实很糟糕。"

杰普做了个手势，示意他们可以离开了。而波洛探过身说："请允许我问一个小问题。"

"说吧,波洛先生。"

"你们看见一只黄蜂在飞机里飞了吗?"

两人摇摇头。米切尔说:"据我所知,机舱里没黄蜂。"

"还是有一只的,"波洛说,"我们在一位乘客的盘子里发现了那只黄蜂的尸体。"

"哦,我没看见,先生。"

"我也没看见。"戴维斯说。

"没关系。"

两个乘务员离开了房间。杰普快速浏览了一遍那些护照。

"名单上居然还有个伯爵夫人," 他说,"就是那个老在质疑我们,给我们施压的女士。我看我们还是先让伯爵夫人进来谈话,否则她一离开这儿就会去国会指控警察粗暴执法。"

"我想你会去仔细搜一搜所有的行李、手提包,特别是后舱乘客的物品吧?"

杰普愉快地眨了眨眼。"为什么要这样做?你在想什么呢,波洛先生?我们得找到那支吹管——如果真有那么一支,而且我们也并不全是在做梦的话。对我来说,这就像是场噩梦。我想,也许是那个小作家心血来潮,希望亲身体验一下杀人的整个过程,免得总是纸上谈兵。投射毒针这种事看上去也像是他能干出来的,你说呢?"

波洛一脸疑虑地摇摇头。

"是的,"杰普继续说,"所有人都必须接受检查,不管他们乐意不乐意,而且他们随身携带的物品也要接受检查。"

"需要开列一张十分详细精确的物品清单,"波洛建议,"这些乘客携带的所有东西都要在清单上。"

杰普好奇地看着他。"既然你这么说，我就照办，波洛先生。虽然我并不十分明白你的意图。我们有自己的搜查目标。"

"你也许会找到你想找的东西，我的朋友，我不是很看好。而我也在找一件东西，只不过现在我还说不准是什么。"

"又来了，波洛先生，你就是喜欢把简单的事情复杂化，是不是？现在我们把那个贵族夫人叫来吧，免得她扑上前把我的眼珠挖出来。"

霍布里夫人并不像他们想象中那样跋扈。她在指定的椅子上坐下，对杰普的问题回答得毫不犹豫。她说自己是霍布里伯爵夫人，并给了苏塞克斯的霍布里庄园和一个在伦敦格罗夫纳广场附近的地址。她乘飞机从皮内和巴黎返回伦敦；她不认识死者，在整个航程中也没有发现任何可疑的事情。还有，她的座位面对机头，在任何情况下都不可能注意到背后正在发生的事情。在航行过程中她没有离开过自己的座位，也不记得除了乘务员之外，还有什么人从前舱来到后舱。虽然记得不是很清楚，但她认为看到过乘客中有两位先生离开后舱去了洗手间，只是她确认不了具体是谁。她没有观察到有任何人手持任何类似吹管的东西，没有——她回答波洛先生说——没有注意到机舱里有只黄蜂。

霍布里夫人出去之后，进屋的是维尼蒂娅·克尔小姐。克尔小姐的证词与她的朋友如出一辙。她说自己全名是维尼蒂娅·安妮·克尔，住在苏塞克斯，霍布里庄园附近的帕多克斯宅邸，此次是从法国南部返回伦敦。她觉得自己从未见过死去的那个女人，在整个航程中也没注意到有什么可疑之处。是的，她看到有乘客在机舱里抓黄蜂，她认为其中一位已经把黄蜂弄死了。这件事发生在午餐之后。于是，克尔夫人也离去了。

"你好像对那只黄蜂挺感兴趣，波洛先生。"

"那只黄蜂很有启发性,是不是?"

"依我看,"杰普转换了话题,"那两个法国人最让人怀疑。他们隔着过道坐在死者的对面。看他俩那副粗鄙的模样,还有那只手提包,上面贴满了古里古怪的外国标签。他们一定去过婆罗洲和南美,或是类似的什么地方。当然,我们现在还搞不清他们的作案动机,但肯定可以从巴黎找到线索,我们可以请求巴黎警察厅协助调查这件案子,这本来就是他们的事儿。不过,要是问我的话,这两个坏蛋已经是我们的盘中餐了。"

波洛眨了眨眼。"这完全可能。不过,我的朋友,你有些看法并不正确。那两个法国人不是你说的那种坏蛋,他们是成就斐然的知名考古学家。"

"接着说,你在扯我的后腿。"

"哪里哪里,我看他们非常面熟,他们是阿曼德·杜邦先生和他的儿子让·杜邦先生,前不久刚从离苏萨城不远的一处非常重要的波斯古迹的发掘现场回来。"

"说下去。"杰普抓起一本护照看了看,"你说得完全正确,可是波洛先生,你得承认,他们的模样并不像什么学者。"

"世界知名人士都是这样。拿我来说,我曾经被当成理发师。"

"好了,"杰普咧嘴一笑,"那就有请知名的考古学家。"

老杜邦声称自己不认识死者,在航程中他没有注意到周围发生的任何事情,因为他一直在和儿子讨论一个有趣的话题。他从未离开过座位。是的,午餐结束时他看见了一只黄蜂,是儿子弄死了它。

小杜邦确认了父亲的证词,他也没有注意到周围的任何事情。他弄死了那只侵扰他的黄蜂。他们讨论的是什么有趣的话题呢?是近东地区的史前陶器。

随后进来的是克兰西先生。他来得真不是时候，杰普警官认为他熟知所有关于吹管和箭毒的事情。

"你自己有没有一支吹管？"

"哦，我，对，事实上，我是有。"

"果不其然！"杰普警官立刻抓住他这句话。

小个子的克兰西先生激动地尖叫起来："你可不能——啊，有什么误解，我是无辜的。我可以解释……"

"是呀，先生，恐怕你是得解释解释。"

"是这么回事，我曾经写过一本书，那本书里的谋杀正好采取了这种方式。"

"果不其然！"仍然是那种语带威胁的腔调。

克兰西先生连忙应道："那本书的主题是关于指纹的，但要有个道具来说明这个问题，如果你明白我的意思。这都和指纹有关，指纹的位置，你明白我的意思；还有如何注意到这件东西——在查令十字街。那是两年前的事了。我买了一支吹管，我的一位艺术家朋友替我画了一张插画，展示了吹管和上面的指纹。我写的那本书叫《红色花瓣的线索》，我可以给你们一本。我那位朋友也可以作证。"

"那支吹管还在吗？"

"哦，对，对，我想还在，对，还在。"

"它现在在哪儿呢？"

"我想是放在什么地方了。"

"说确切些，究竟在什么地方，克兰西先生？"

"我是说，某一个地方，我也说不准。我是一个不爱收拾的人。"

"它现在不在你身边？"

"当然不在。我有半年都没见到那支吹管了。"

杰普警官用怀疑的目光冷冷地看了他一眼，继续逼问："航程中你离开过座位吗？"

"没有，当然没有，至少——嗯，好吧，是的，我离开过。"

"噢，你离开过！你去了哪儿？"

"我从雨衣口袋中拿了欧洲大陆列车时刻表。我的雨衣和手提箱一起放在机舱那头的入口处。"

"这么说你经过死者的座位了？"

"不，至少——好吧，是的，我一定是经过了。不过那时候我刚喝完了汤，离那件事情发生还早着呢。"

克兰西对其他问题的回答都是否定的。他没有发现任何可疑的事情；他一直全神贯注地构思小说中横贯欧洲的不在场证明的内容。

"不在场证明，嗯？"警官阴沉地说。

波洛插进来问了一个关于黄蜂的问题。

对，克兰西先生是注意到了一只黄蜂，那黄蜂还袭击了他，他很怕黄蜂。那是什么时间？就在乘务员给他送来咖啡之后。他打了一下黄蜂，它就飞走了。

克兰西将姓名和地址做了登记后，带着如释重负的表情离开了。

"我看他有点怕我。"杰普说，"他真的有一支吹管，你再看看他那紧张的模样，完全不知所措了。"

"那是因为你对他太严厉了。"

"只要他们说的都是实话，就没什么好怕的。"这位苏格兰场的警官态度强硬地说。波洛同情地看着他。

"说实话，我相信你本人真的是这么想的。"

"那当然了，本来就是这样的。好了，我们叫诺曼·盖尔进来吧。"

诺曼·盖尔住在玛萨维山的牧羊人街十四号，职业是牙科医生，在法国沿海度假之后，从皮内返回伦敦。他在巴黎待了一天，参观了那里的各种新型牙科器具。他从未见过死者，航程中也没有发现任何可疑的情况。他的座位面对前舱，一直脸朝前面，飞行途中从未离开过座位，除了唯一的一次——去了洗手间，然后又径直回到座位上。他从未去过后舱的后排，也没有看见什么黄蜂。

在他之后，走进房间的是詹姆斯·赖德。他有些烦躁不安，态度也很粗鲁。他不认识死者，在巴黎进行业务拜访后返回伦敦。是的，他的座位正好在死者的前面，可只要他不站起身来越过椅背去看，就看不到那个女人。他也没有听到任何喊叫和呻吟。除了乘务员，没有任何人来过后排。对，两位法国人就坐在过道对面，但他们一直在说话。乘客就餐快结束之前，年轻的那位弄死了一只黄蜂。不，在此之前他没注意到有黄蜂。他不知道什么是吹管，而且从来没有见过，所以也说不好在航程中是不是见过那种东西。

就在这时，一位警员敲门进来，动作中带着轻微的胜利姿态。

"这是警长发现的，他们说您现在正用得着。"他将手中的东西放在桌上，小心解开了包裹着的手绢。

"上面没有指纹，因此，警官要我十分小心。"

这正是一支由原始工艺制造的吹管。

杰普深深吸了一口气。"我的老天，那么说真有吹管杀人这种事了？凭良心说，我原来根本就不相信。"

赖德先生也大感兴趣地探过头来看。他说："这就是南美人用的武器？我听说过，可从未亲眼看过。现在我可以回答你刚才的问题了，我从未见过任何人拿着任何这类东西。"

"这是在哪儿找到的？"杰普警督问。

"它被塞在一个座位后面看不到的地方。"

"哪个座位？"

"九号座位。"

"那可太有趣了。"波洛说。

杰普转头看他。"有什么有趣的？"

"那正好是我的座位。"

"嗯，你觉得很奇怪吧，肯定是。"赖德先生说。

杰普皱了皱眉。"谢谢，赖德先生，你可以走了。"他回头对波洛咧了咧嘴。

"是你干的，老家伙？"

"我的朋友，"波洛很有尊严地说，"如果我杀人，可不会用南美印第安人的毒针。"

"这的确有点下作，"杰普说，"不过也很有效。"

"这就是为什么人们认为用这种武器的人是个不用脑子的暴徒。"

"无论是什么人干的，他的时机把握得再好不过了，这家伙一定是个疯子。我们还有谁没问过？只剩一位姑娘了。简·格雷，听上去像历史书里的名字。"

"她很迷人。"波洛说。

"是吗？所以你根本不是一直在睡觉，你这老家伙。"

"她很漂亮，而且有些不自在。"

"不自在？"杰普警觉地问。

"哦，我的朋友，女孩子的不自在常常是由于某个小伙子，而不是谋杀。"

"也许你是对的……哦，她来了。"

简的回答简单明了。她在布鲁顿街一家美发厅工作，住在哈罗盖特街，从皮内返回英国。

"皮内，嗯？"

之后的问题是关于导致这次旅行的思维普彩票。

"我看应当把这些爱尔兰思维普彩票禁止掉。"杰普生气地说。

"我觉得这事儿好得很，"简说，"难道您就没有在赛马上投放过半个先令？"

杰普看上去有点不自在，他连忙继续提问，还给她看了那个吹管。她否认见过类似的东西，也不认识死者，但在法国布尔歇机场见过她。

"有什么特别原因让你注意到她？"

"因为她长得太难看了。"简老老实实地说。

他们从简那里实在问不出什么有价值的东西，只好让她离开了。

杰普又去研究那个吹管。

"这可把我给难住了。"杰普说，"最拙劣的侦探小说都不会寄希望于侥幸的意外成功！那么我们现在该找什么呢？一个四处旅行去过吹管产地的人？那又是什么地方呢？得找位专家来咨询，也许在马来半岛、南美或是非洲。"

"原则上应当如此。"波洛说，"不过，假如你仔细观察，会发现吹管上贴着一块极小的纸片，很像是被撕去的价格标签。我想这件东西不知怎么落到了古玩收藏店主的手中。这大概会使我们的调查容易多了。还有一个小问题。"

"说吧。"

"那张清单要做得尽可能详细，就是乘客物品清单。"

"哦，那张清单现在没什么大用，不过会做好的。你干吗老是关心这个？"

"我的朋友，我有些不解之处，非常不解。如果可以的话，我还有一个问题……"

杰普并没有用心听他说话,他正在仔细查看被撕去的价格标签。

"克兰西说他买过一支吹管,这些侦探小说家……总是把警察写成傻瓜……根本不懂警察的工作方式。怎么说呢?如果我按他们书中那种警官对警长的方式去说话,明天就会被揪着耳朵踢出警局。他们就是群无知的小文人!眼下这个案子倒正像他们造出来的那种垃圾,还以为自己可以逍遥法外呢。"

第四章 听证会

玛丽·莫里索谋杀案听证会于四天之后进行。这一轰动事件引起了公众的强烈关注,听证会场挤满了人。

第一位出场的证人是一个高大的、留着灰胡须的法国人,梅特·蒂博。

他的英文说得很慢,用词准确,虽然带有轻微的口音,但是很流畅。

说完开场的例行问题之后,法官问:"你看过了尸体,能认出她是谁吗?"

"是的。她是我的客户,玛丽·安杰利克·莫里索。"

"那是她护照上登记的名字,她还有其他为人所知的名字吗?"

"有的。吉塞尔夫人。"

场内激起一片骚动,记者们准备好奋笔疾书。法官说:"你能不能详细谈谈这位叫莫里索或者吉塞尔夫人的人?"

"我还是称她吉塞尔夫人吧,这是她的职业名字,专门用于开展业务。她是巴黎知名的放贷人。"

"她在什么地方开展业务？"

"乔里特街，她的私人住宅。"

"我听说她经常到英国来，她的业务也延伸到了这个国家？"

"对。她在英国有许多客户，在英国的某个社会阶层享有极高的声誉。"

"你说的某个社会阶层指什么，能描述一下吗？"

"她的客户大都是上层和专业人士。对待这种客户需要极其谨慎，这是非常重要的要素。"

"那么她在守口如瓶这方面的口碑怎么样？"

"非同一般。"

"如果你对她的生意了如指掌的话，能否请你详细谈谈她的各类业务情况？"

"那不行，我只负责处理她的法律事务。吉塞尔夫人是位一流的生意人，精明能干，具备优秀商业人士的所有素质，对自己的业务具有完全的掌控能力。让我评价的话，她是一位非常出色的女士，在业内很有名望。"

"那么据你所知，她去世时是一位富有的女人了？"

"非常富有。"

"据你所知，她是否有仇人？"

"据我所知没有。"

梅特·蒂博走下台子，下一位证人是米切尔。

"你是亨利·查尔斯·米切尔，住在万德沃斯，舒柏克路十一号，对吗？"

"是的，先生。"

"你是寰宇航空有限公司的雇员,对吗?"

"是的,先生。"

"你是普罗米修斯航班上的资深乘务员,对吗?"

"是的,先生。"

"上周二,也就是十八日,你在从巴黎飞往克里登的十二点钟的航班上执勤。死者乘坐了这次航班。在此之前你见过她吗?"

"见过。半年前,我在八点四十五分的航班上执勤,她有一两次乘坐那趟航班。"

"你知道她叫什么名字吗?"

"我的名单上肯定有她的名字,不过说实话,我并没有特别留意过。"

"你听说过吉塞尔夫人这个名字吗?"

"没有,先生。"

"请从你的角度讲述一下周二航班上发生的事情。"

"我送完午餐之后便开始发送账单。我当时以为她睡着了,打算等到降落前五分钟再去叫醒她。等我去叫醒她时,发现她已经死了或者是晕过去了。我从乘客当中找到一位医生。他说——"

"布莱恩特医生将很快出庭作证。请您看看这个。"吹管被送到了米切尔跟前,他小心翼翼地接过来。

"你以前见过它吗?"

"没有,先生。"

"你肯定没有看见过哪一位乘客手持吹管?"

"肯定没有。"

"艾伯特·戴维斯。"

资历较浅的年轻乘务员站上证人席。

"你是艾伯特·戴维斯，住在克里登，巴卡姆街二十三号，是寰宇航空有限公司的雇员，对吗？"

"是的，先生。"

"你作为乘务员副手，在周二的普罗米修斯航班上执勤，对吗？"

"是的，先生。"

"你是怎么得知这件悲剧的？"

"先生，是米切尔先生告诉我说，有位乘客恐怕出事了。"

"你以前见过这东西吗？"吹管被送了过去。

"没有，先生。"

"你有没有看见哪位乘客手持吹管？"

"没有，先生。"

"在整个航程中，有没有你认为可以为破案提供参考的线索？"

"没有，先生。"

"很好，你可以下去了。"

"罗杰·布莱恩特医生。"

布莱恩特报告了自己的姓名、地址、作为耳喉科医生的职业等。

"请从你的角度描述一下上周二，即十八日航班上发生的事情。"

"飞机即将到达克里登时，值班乘务员前来问我是不是医生。我做了肯定回答后，他说有位乘客身体出了问题。我起身跟他走了过去。那个出问题的女人倒在座位上，已经死了有段时间了。"

"在你看来，她死了有多长时间了？"

"要我说的话，至少死了有半个小时了，我估计在半小时到一小时之间。"

"你对致死原因有什么看法吗？"

"没有经过详细的检验，我是不可能做出判断的。"

"那么你注意到她颈侧有一个针眼,是吗?"

"是的。"

"谢谢。詹姆斯·惠斯勒医生。"

惠斯勒医生体形单薄,个子矮小。

"你是本警区的法医?"

"是的。"

"你能谈谈你作为参与此案的法医,在本案中的发现吗?"

"十八日,也就是上周二,刚过三点钟,我被叫去克里登机场,然后上了普罗米修斯号飞机。有位中年女士倒在飞机座位上,已经死亡。据我判断,死亡发生在约一小时之前。我注意到死者脖子一侧有个小圆点——正好在颈静脉上。那个伤痕与黄蜂蜇叮,或者之后拿给我看的那枚小针扎刺的效果高度相似。尸体被移送到停尸间之后,我进行了详细的检查。"

"你的结论呢?"

"死亡是由毒素渗入血管,引发心脏骤然瘫痪所致。这肯定是猝死。"

"你能说出这是一种什么样的毒素吗?"

"这种毒素我以前从未见过。"

凝神倾听的记者们赶紧记下:"未知毒物。"

"谢谢。有请亨利·温特斯普。"

温特斯普先生体格高大,表情和蔼。他看起来很善良,有点迟钝,人们很难想象他是重要的政府分析专家,研究鉴定罕见毒物的权威人士。

法官将毒针拿起来,问温特斯普先生是否见过。

"见过,并且已经对它做了分析。"

"能告诉我们你分析的结论吗？"

"当然可以。这种毒素起初是用来浸制毒箭的，就是某些部落经常使用的一种名为箭毒的毒物。"

记者们兴致勃勃地记下他的话。

"那么您认为死亡是由箭毒所致？"

"哦，不。"温特斯普说，"上面只有一点点微弱的痕迹。据我分析，针头上蘸的是一种名为布姆斯兰的毒汁，来自于一种多鳞蛇——也叫树蛇——的毒液。"

"什么是布姆斯兰？"

"那是南非的一种毒蛇，世上现存毒性最强、最致命的蛇类。它的毒素作用于人体到底有多强烈尚不能确定，但这种毒液的毒性有多大我们还是有些概念的。举个例子吧，将这种毒汁注射到鬣狗身上，还未拔出针头它就死了。注射给豺狗，豺狗就会像被子弹打中一样立刻毙命。这种毒汁会导致皮下大出血，波及心脏功能，导致心跳骤停。"

记者们写下："离奇的故事。空中上演蛇毒大戏。比眼镜蛇更为致命。"

"你有没有听说过用此类毒汁蓄意杀人的案件？"

"从未听说过，这太耸人听闻了。"

"谢谢，温特斯普先生。"

威尔逊警长宣誓作证说，在座位后面发现的吹管上没有指纹。已经对吹管和毒素做了化验，吹管的最大射程，经试验相当精确地确定为十码。

"赫尔克里·波洛先生。"

尽管引起一点儿骚动，但波洛的证词是相当严谨的。在航程中他没有注意到任何特别的事情。对，是他发现了地上的小针，所发现的位置正好在死者颈部下方,如果它是从脖子那里掉下来的话,也只能掉在那里。

"霍布里伯爵夫人。"

记者们写道:"伯爵的妻子为空中死亡之谜出庭作证。"还有人写的是"……在蛇毒谜案中作证"。

为妇女报刊工作的人则写道:"霍布里夫人戴着一顶新款狐狸皮帽",或是"霍布里夫人是城里最时髦的女士之一,全身黑衣,配一顶新款帽子"。要不就写"霍布里夫人,结婚前的闺名是塞西莉·布兰德,身穿黑衣,头戴新款帽子,风姿时尚地出庭作证……"

所有人都喜欢欣赏年轻漂亮的女子,尽管她的证词最简短。她什么都没注意到,以前也没见过死者。

在她之后是维尼蒂娅·克尔,但她显然没有前面那位引人注目。

妇女报刊记者首先乐此不疲地写道:"科茨摩尔勋爵的女儿穿着剪裁精致的外套和裙子……"并强调:"社会名流出庭作证"。

之后出庭的是詹姆斯·赖德。

"你是詹姆斯·贝尔·赖德,你的住址是布兰贝里大道十七号?"

"是的。"

"你的职业或者专业是什么?"

"埃利斯·韦尔水泥公司的总经理。"

"请仔细看看这支吹管,(短暂停顿)你以前见过吗?"

"没有。"

"在普罗米修斯航班上,你是否见过任何人曾经手持类似的东西?"

"没有。"

"你坐在四号座位上,正是死者前面的座位,是不是?"

"是又怎么样?"

"请不要用那种腔调回答我。你坐在四号座位上,从那个位置可以看见机舱里的每个人。"

"并非如此,我看不见我这列座位上的任何一位,因为座位都是高靠背。"

"但是假如有人走到过道上——走到一个适当的位置,能够将吹管对准死者的位置,你能看到他吗?"

"当然能。"

"那么你看到这种情况了吗?"

"没有。"

"你座位前面的乘客中有人离开过他们的座位吗?"

"唔,我座位前两排的一位男子站起来往洗手间方向去过。"

"他是往与你的座位还有死者座位相反的方向去的吗?"

"是的。"

"他回来时有没有朝你走来?"

"没有,他直接从洗手间回到了自己的座位上。"

"他手上拿着什么东西吗?"

"什么也没拿。"

"你肯定吗?"

"相当肯定。"

"还有谁离开过座位?"

"坐在我前面的那个人,他从对面走过来,从我身边经过,去了机舱后部。"

"我抗议。"克兰西先生从法院坐椅上蹦了起来,嚷道,"那时还早——早得很——是在一点钟的时候。"

"请坐下,"法官说,"会轮到你的。请继续,赖德先生。那么你是否注意到这位先生手里拿着什么东西？"

"好像是一支钢笔。他回来的时候手上拿着一本橙色的书。"

"朝你走过来到后舱去的人只有他一位吗？你自己离开过座位吗？"

"是的，我去过洗手间——不过我手上并没有拿着吹管。"

"你说话的态度有些失礼。请下去。"

诺曼·盖尔，就是那个牙医，他提供的证词几乎都是否定性的，很快他就被愤愤不平的克兰西先生代替了。

比起贵族夫人来，克兰西先生不是个很有新闻性的人物，对他的登场，记者们兴趣索然。能写的就是"侦探小说作家出庭。知名作家承认购买过致命武器，轰动了法庭。"

不过说"轰动"有点为时过早了。

"是的，先生，"克兰西厉声说，"我的确买过一支吹管，不仅如此，我今天还把它带到这里来了。我强烈抗议将杀人致死的吹管与我的吹管联系起来。这就是我的吹管。"

他得意地炫耀着自己的吹管。

记者们写道："法庭上出现了第二支吹管。"

法官严肃地对克兰西说，请他出庭是为了帮助破案，而不是让他有机会来驳斥完全凭空想象的针对自己的指控。法官接着询问他在普罗米修斯航班上的情况，但是收效甚微。克兰西先生一直在唠唠叨叨，毫无必要地解释着他是如何被国外火车上的古怪服务搞得迷迷糊糊，如何度过长达二十四小时的艰难旅程，以至于对周围发生的所有事情都丝毫不在意。就算整个机舱里的人都在用吹管放蛇毒，他也不会知道。

接下来是简·格雷出场，这位美发师的证词对记者们来说几乎没有任何意义。

随后是两位法国人。阿曼德·杜邦先生说他是前往伦敦皇家亚洲学会作学术发言的。在飞机上他和儿子一直都在探讨技术性的问题,没有注意到身边发生的事情。他也没有注意到那个死者,直到机舱里因为有人发现她死了而出现一阵骚动,他才将注意力转回身边。

"你认为这位莫里索夫人或吉塞尔夫人面熟吗?"

"没有,先生。我从未见过她。"

"据说她是巴黎的一位知名人物?"

老杜邦耸耸肩。"对我来说并非如此。不管怎么说,这些日子我经常不在巴黎。"

"据我所知,你刚从东方回来,对吗?"

"是的,先生——从波斯那边。"

"你们父子到许多神秘遥远的地方旅行过吧?"

"什么意思?"

"你们去过一些蛮荒地区吧?"

"哦,可以这么说。"

"你有没有见过有什么部族用蛇毒涂在箭头上作为武器?"

这句问话必须经过翻译他们才听明白。杜邦先生听懂后使劲摇头。

"没有,我从未碰到过诸如此类的事情。"

儿子的回答与父亲的大同小异。他不认识死者,也没有注意到飞机上的任何事情。他一直认为死者很有可能是被黄蜂蜇死的,他本人就被一只黄蜂骚扰过,最后终于弄死了那只小东西。杜邦父子是最后出庭的证人。

法官清了清嗓子,对陪审团说,这是本法庭所处理过的最难以捉摸的案子。他们可以排除自杀或发生意外的情况。一位女士在空中,在一个很狭小的封闭空间里遭到谋杀,除了乘客,不可能有任何局外人实施这种罪行。凶手或凶手们显然就在今天出庭作证的人当中，无法回避这一严酷而可怕的事实，即他们之中的某位凶手以极为狡猾的手段在说谎。

犯罪的方式及其残酷，在十位——加上乘务员有十二位——证人的众目睽睽之下，凶手将吹管举到唇部，在一定距离上将毒针吹射到死者的喉部，而在场的所有人对此都无所察觉。这件事听起来令人难以置信，但的确有吹管、地板上发现的毒针和死者脖子上的针眼作为证据，另有毒物测试作为进一步物证。无论这事儿多么令人难以置信，它还是发生了。

由于缺少更多的证据找出犯罪嫌疑人，他只能提请陪审团做出某个或某些未知身份的人犯了谋杀罪的裁决。既然出庭作证的人都否认认识死者，这件事只好交由警方进一步调查。鉴于对作案动机一无所知，他只能建议陪审团做出上述决定。陪审团现在可以考虑如何裁决了。

一位方脸的陪审员带着疑虑的目光欠身说："您说吹管是在一个座位后面发现的，那是谁的座位？"

法官核对了一下文档，威尔逊警长凑上去在他耳边低语了些什么。

"哦，对，是九号座位，波洛先生的座位。我可以告诉大家，波洛先生是一位知名的、受人尊敬的私人侦探，他曾经多次成功地与伦敦警察厅合作。"

方脸陪审员将目光转向波洛先生，似乎有些怀疑眼前这位留着胡子的矮小的比利时人。

"外国人，"他的目光这样说，"你无法信任外国人，就算他们和警方有关系。"

他大声说："正是这位波洛先生捡起毒针的，对吗？"

"是的。"

法庭休庭五分钟。当陪审员重新入座,并将陪审裁决书交给法官时,他皱了皱眉。"胡闹!我无法接受这份裁决。"

几分钟后,一份修正裁决书又递交了上来:"我们一致同意死者中毒而亡,然而没有足够的证据表明是谁下的毒。"

第五章 听证会之后

简·格雷离开法庭时，发现诺曼·盖尔在她身边。

他说："我不知道为什么法官不接受第一份裁决书。"

"我想我能告诉你为什么。"一个声音在他身后说。他们回头一看，赫尔克里·波洛先生正朝他们挤眼睛。"那份裁决书把谋杀栽到了我的头上。"

"啊，是这样？"简大声说。

波洛高兴地点点头。

"没错。当我出来的时候，听见有人说：'是那个外国人，记住我说的话，就是他干的！'陪审团也这么想。"

简不知道自己是应该向他说些安慰话，还是一笑了之，最后决定报以笑容。波洛也同情地一笑。

他说："好了，再见，我得工作了，以洗清我的名声。"

他微笑着鞠了一躬，然后离开了。简和盖尔注视着他的背影。

"真是个与众不同的小个子。"盖尔说，"他自称是个侦探，但我看不出他是怎么当侦探的。任何罪犯大老远就能认出他,我不觉得他有办法伪装自己。"

"你对侦探的看法可真老套,"简说,"粘假胡子什么的,早就过时了。现如今侦探都是坐着不动的,全靠心理分析破案。"

"艰苦的日子一去不复返了。"

"身体上可能是这样,但你当然需要一个冷静清晰的头脑。"

"我明白了,一个容易发热的、乱七八糟的脑袋是不行的。"

两人都笑了起来。

"嗯,你看,"盖尔语速很快,双颊略微发红,"你是否介意……我是说,你这么好……现在有点晚了,但能和我一起去喝茶吗?我觉得咱们……在这次灾祸里都是无辜受牵连……"

他停下来,对自己说:"你怎么回事,笨蛋?你就不能好好邀请一位姑娘喝茶,不要结结巴巴,满脸通红,让自己像个傻瓜吗?人家会怎么想你啊!"

盖尔手足无措的样子更衬托出简的沉着冷静。

"非常感谢。我也想喝茶。"

他们来到一间茶屋,板着脸的侍者前来点单,就好像在说:"要是你失望了可别怪我。他们说这里卖茶,我可从来没听说过。"

店里几乎是空的,使得一起喝茶的两个人更显亲密。简脱去手套,望着桌对面的盖尔。他很有吸引力,蓝眼睛,带着微笑。他人也很好。

"这起谋杀可真奇怪。"盖尔连忙提起话题。他看起来还是有些紧张。

"我知道。我很担心——我是说,从我工作的角度考虑。我不知道他们会怎么看。"

"哦,这我没想过。"

"安托万也许不愿继续雇用与谋杀案有牵连的人。"

"人是一种奇怪的动物，"盖尔沉思着说，"生活是这么——这么不公平。可这又不是你的错。"他生气地皱眉，"真可恶！"

"哦，这只是我的担心，"简提醒他说，"没有必要为还没发生的事情大惊小怪。无论如何，这也不是全无理由，没准儿就是我杀了她呢！他们说如果你杀过一个人，就会继续杀更多。大概不会有人愿意让这样一个凶手给他做头发。"

"任何人一看就知道你不会杀人。"盖尔热情地望着她说。

"我可不敢肯定。"简说，"有时候我很想杀了我的客人——只要我能确保逃脱法律惩罚。有这么一个人，她说话的声音像只鸡，对任何事情都抱怨不休。有时候我确实觉得杀了她绝对不是犯罪，而是做好事。所以你看，我还是很有犯罪潜力的。"

"至少你没有付诸实践，"盖尔说，"我可以发誓是这样。"

"我也发誓你不是凶手，"简说，"但你的病人不一定这么想。"

"我的病人？对！"盖尔若有所思地说，"我还没想过这个问题——一个杀人狂牙医？不，听起来前景不妙。"他突然急切地加了一句，"你不会介意我是个牙医吧，会吗？"

简挑起眉毛。"我？介意？"

"我的意思是，牙医总是成为漫画里的丑角。这不是一个让人觉得浪漫的职业。如果是普通医生，人们会更尊重他们。"

"看开点儿，"简说，"牙医绝对比发型师助理高级多了。"

他们笑起来。盖尔说："我觉得我们会成为朋友的，你觉得呢？"

"是的，我觉得也是。"

"也许哪天晚上我们可以一起吃个饭，看场戏？"

"谢谢你。"

他们沉默了一会儿，盖尔接着说："你觉得皮内怎么样？"

"很好玩。"

"以前去过吗？"

"没有——"简出于突然产生的信任感，对盖尔讲了中彩票的事。他们都同意彩票是一件有浪漫色彩，令人向往的东西，并一起对试图取缔彩票的英国政府表示了不满。

他们的谈话被一个穿棕色西装的年轻男人打断了。这个人刚才一直在附近犹疑徘徊，直到被他们注意到。现在他抬了一下帽子，口齿伶俐地冲着简发话了。

"是简·格雷小姐吗？"

"是的。"

"我是《每周要闻》的记者，格雷小姐。你能否为我们写一篇'空中命案'的专访短文？从乘客的角度出发。"

"我不感兴趣，谢谢。"

"噢，别拒绝啊，格雷小姐，我们给的报酬很优厚。"

"多少？"简问。

"五十镑。或者——也许我们还能再多一点，六十吧。"

"不，"简说，"我不想干，我不知道该说什么。"

"那没问题，"年轻人轻松地说，"你真的不需要写什么，你知道的。我们的人会问你一些问题，然后替你写出来，一点儿都不麻烦。"

"都一样，"简说，"还是不要了。"

"一百镑怎么样？听我说，我能为你争取到一百镑，只要提供给我们一张照片。"

"不，"简说，"我不喜欢这个主意。"

"你可以离开了，"诺曼·盖尔说，"格雷小姐不感兴趣。"

年轻人带着期待的神色转向他。

"盖尔先生,是吗?你看,盖尔先生,如果格雷小姐不太喜欢这么做,你来写一篇怎么样?只要五百字,我们也会付给你同样多的钱——这是相当丰厚的报酬了,因为通常一个女人谈论另一个女人的死才会更有新闻价值。这可是个好机会。"

"不,我一个字都不会给你们写。"

"除了报酬,你还会得到很好的个人宣传机会。你是个专业人士——事业正在蒸蒸日上——你所有的病人都会读到这篇报道的。"

诺曼·盖尔说:"那就是我最害怕的事情。"

"现在你没有曝光度就是不行。"

"也许吧,但也得看是哪方面的曝光度。我只希望自己还能保住一两个没看过报纸、不会认为我和谋杀案搅在一起的病人。现在我们两个人都拒绝你了,你是安静地离开呢,还是要我把你踢出去?"

"不要发火,"年轻人对他的威胁无动于衷,"晚安。如果你们改变了主意,随时可以给我的办公室打电话。这是我的名片。"

他高高兴兴地离开了饮茶店,心想:不算差,弄到了一篇很不错的采访。

事实上,下一期《每周要闻》会登出一篇重要的专栏文章,基于"空中谋杀案"中两位见证人的见闻。简·格雷小姐谈到这起谋杀案时非常不舒服,这对她是可怕的打击,她想都不愿意想。诺曼·盖尔先生则说了很多自己的见解,认为卷入谋杀案会影响一个专业人士的事业上升空间,不管他实际上多么无辜。盖尔先生幽默地表达了他的希望,期待他的病人看报时只读时尚专栏,这样当他们坐上"那张椅子"时就不会担心最糟糕的事情发生了。

那个年轻人离开后,简说:"我不明白,他为什么不去找那些更重要的人?"

"可能还轮不到他。"盖尔冷酷地说,"也许他试过,但是没成功。"

他皱着眉头坐了一两分钟,说:"简——请允许我直呼你的名字,你不介意吧?——你觉得到底是谁谋杀了这位吉塞尔夫人?"

"我完全不知道。"

"你想过吗,认真地思考过?"

"哦,没有。我只是想到了自己的处境,觉得有点儿担心。我并没有认真想过是谁——那些乘客中的谁——杀了她。直到今天我才意识到,一定是他们中间的一个。"

"对,法官把这一点讲得很清楚。我相信你我都不是凶手,一定是其他人干的,因为……唔,因为我大部分时间都在看着你。"

"对,"简说,"出于同样的原因,我也相信不是你干的;我当然也知道不是我自己干的,所以一定是其他人。不过究竟是谁,我一点儿都想不出来。你呢?"

"我也是。"诺曼·盖尔陷入思考,他好像被一个突如其来的想法牵引开了。

简继续说:"我不知道我们怎么可能凭空想出来。我是说,我们什么都没有看见,至少我没有看见。你呢?"

盖尔摇摇头。"我也没有。"

"这太奇怪了。我敢说你看不到什么的,因为你的脸对着前方。可我一直面对后方,走道的中间,我是说,我应该能——"

简停住了,脸色潮红。她记得自己的双眼一直盯着一件蓝色套头衫,而她心无旁骛,全部心思都在关注穿套头衫的这个人。

诺曼·盖尔想:"她为什么脸红?她很迷人,我要娶她,对,我要这么做……不过别操之过急。我得想个办法经常约她出来,这桩谋杀案是个好借口……另外，我确实应该做点儿什么，那个傲慢的记者和他说的曝光度……"

他抬高了嗓门："我们现在想一想吧，会是谁杀了她？我们挨个儿过滤所有的人。乘务员？"

"不是。"简说。

"我同意。我们对面那个女人？"

"我不觉得霍布里夫人这种人会去杀人。克尔小姐呢？不会，她是那种乡村型的女人，不会去杀一个法国老妇人。"

"一个不怎么热门的嫌疑人？我想你是对的。那个留胡子的人呢？陪审团认为他有最大的嫌疑，因此肯定不是他！那个医生呢？也不太像。"

"如果他是凶手，会用一些更不明显的手段，这样别人就不会发现了。"

"嗯……对，"诺曼仍然有些怀疑，"那些所谓的难以发现、没有气味和味道的毒药是很方便，但我怀疑它们是否存在。那个拥有一支吹管的矮个子呢？"

"很可疑。不过他看起来是个非常好的人，而且他也没必要说出自己有一根吹管的事，这让他看起来是无辜的。"

"还有詹姆森——不，他叫什么来着？赖德？"

"对，有可能是他。"

"还有两个法国人。"

"他们俩最有可能。他们去过一些古怪的地方，当然，他们可能也有一些我们不知道的杀人理由。我觉得那个年轻人看起来很不高兴，一副忧心忡忡的样子。"

"杀人凶手大概一定会忧心忡忡的。"诺曼严肃地说。

"不过他看起来挺好的。"简说,"那位老父亲也挺和蔼,我希望不是他们。"

"看来我们进展缓慢。"诺曼说。

"我们不可能有什么进展,除非多了解一些关于死者的事情,比如她有什么仇人,谁将继承她的财产,这一类的事情。"

诺曼·盖尔思索着说:"你认为我们只是在空谈吗?"

简冷静地问:"不是吗?"

"不完全是。"盖尔有些犹豫,然后慢慢地说,"我有一种想法,这可能有用。"

简好奇地看着他。

"谋杀不仅仅关系到受害者,"盖尔说,"也影响到无辜的人。你我都是无辜的,但谋杀的阴影笼罩了我们。我们不知道这阴影将如何影响我们未来的生活。"

简是一个冷静的人,但听到这儿也禁不住打了个冷战。

"别这么说,"她说,"你使我感到害怕。"

"我自己也有些害怕。"盖尔说。

第六章 咨询

赫尔克里·波洛又回到他的朋友杰普警督身边，后者脸上带着微笑。

"嘿，老家伙，"杰普说，"你差点就要蹲监狱了。"

"我很担心，"波洛严肃地说，"这种事会影响我的职业声誉。"

"嗯，"杰普笑着说，"在有些故事里面，侦探有时也会变成罪犯。"

一位长着聪明而忧虑面孔的瘦高个儿走了过来。杰普向波洛介绍："这是巴黎警察厅的福尼尔先生，他来这里协助我们办理此案。"

"我还记得几年前有幸见过你，波洛先生。"福尼尔走向前与他握手，"我也从吉劳德先生那里听说过你。"

他的唇边似乎掠过一丝极轻微的笑容。波洛能想象吉劳德是怎么说他的——他自己总是把吉劳德贬称为"披着人皮的猎犬"——因此也报以谨慎的微笑。[①]

[①]详情请见阿加莎·克里斯蒂的另一部作品《高尔夫球场命案》。

"我建议,"波洛说,"既然两位先生光临寒舍,不妨一起用餐。我还邀请了梅特·蒂博,希望你们别介意。"

"没问题,老朋友,"杰普热诚地拍了拍波洛的肩头,"你很会抓住时机,早有准备嘛。"

"不胜荣幸。"法国警察有礼貌地说。

"就像我刚才对一位迷人的姑娘说过的,"波洛说,"我希望尽快洗刷我的嫌疑。"

"陪审团不喜欢你那副模样。"杰普又笑起来,"我很久没听过这么好笑的事情了。"

他们一起享用了这位比利时小个子准备的丰盛晚餐,谁也没提这个案子。

"无论如何,在英国也不是没有可能吃到好的食物。"福尼尔小声说着,用牙签优雅地剔着牙齿。

"非常美味。"蒂博说。

"有点法国风味,不过甚为可口。"杰普说。

"饭总是不宜吃得太饱,"波洛说,"不能影响大脑的思考。"

"我的胃从不给我找这样的麻烦,"杰普说,"不过我同意你的观点。我看我们还是谈正事吧,我知道蒂博先生今晚有约,所以我建议现在就咨询他。"

"很荣幸为大家效劳。比起在法庭上,我在这儿说话要自由得多。在出庭之前,我和杰普先生简短地交谈过一次,他让我尽量保持沉默,只说最有必要的事实。"

"没错,"杰普说,"一下子全倒出来不合适。但现在,你可以详细告诉我们这个叫吉塞尔的女人的事情了。"

"说实话,我对她知之甚少。谁都知道她是个知名人物。至于她的私人情况，我并不了解，也许福尼尔先生知道得比我还多。不过我要说的是，吉塞尔夫人——按你们英国人的说法——是个人物。她是独一无二的。她的过去没有人知道。我觉得她年轻时应该挺漂亮，由于出天花而毁了容貌。我的印象是，她喜欢玩弄权力；她也确实掌握了权力。她是个精明的生意人，意志坚强，绝不允许任何情感影响她的事业。她的声望来自谨慎和诚实。"

他看向福尼尔，寻求赞同。后者点了点头，神情仍旧忧愁。

"是的，"他说，"在她自己看来，她很诚实，但我们还是很想把她抓起来——如果能拿到足够证据的话。可惜——"他耸了耸肩，"对人性的弱点，我们不能要求太多。"

"你是说？"

"敲诈。"

"敲诈？"杰普重复道。

"对，一种特殊的、专业的敲诈方法。她只把钱借给那种一定会偿还的人。她对自己放债的数目和归还方式都十分谨慎小心，但我可以告诉你，她有自己的一套收回贷款的方法。"

波洛欠身仔细地听着。

"今天上午蒂博先生说过，吉塞尔夫人的客户主要是上层和职业人士，这类人极易受到公众舆论的伤害。吉塞尔夫人有自己的情报机构，在放债之前——特别是对大额数目的借贷——她有一个必经的步骤：收集借债人各方面的信息，越多越好。她的情报系统非常高效。我得重复我们的朋友刚才说的话：在她自己看来，她非常诚实。她对得起那些信赖她的人。我真的相信，她从未将她所知的顾客隐私拿去换钱，除非那钱本来就是她的。"

"你的意思是，"波洛说，"这种秘密调查是她开展业务的一种安全措施？"

"完全正确。她运用这种方法的时候，会变得铁石心肠，面对任何恳求都不为所动。我可以告诉各位，她这套系统获得了回报。对她来说，几乎没有哪笔钱是要不回来的。而那些成为她客户的人会尽一切能力凑足需要偿还的数目，以避免丑闻曝光。我说过，我们了解她的业务活动，但要检举她——"他耸耸肩，"太难了。人性就是人性。"

"你刚才提到，"波洛说，"她毕竟有过勾销借债的事情。那是怎么回事？"

"在那种情况下，"福尼尔慢慢地说，"通常是因为她的情报已经被公开了，或者送到了知情人手中。"

他们沉默了一会儿。波洛说："这样她就拿不到钱了？"

福尼尔说："她没办法直接拿到。"

"但间接的呢？"

"间接的话，"杰普说，"就是有其他人支付了债务？"

"完全正确，"福尼尔说，"这就是所谓的道德效应。"

"我得说，这叫非道德效应才对。"杰普揉了揉鼻子，"这使得谋杀动机非常清晰了。不过我们还有个问题：谁会继承她的钱？"他转向蒂博，"你能在这方面帮助我们吗？"

"她有个女儿，"蒂博说，"从没和她一起生活过。实际上，我认为从她还是个小姑娘的时候起，她母亲就从未见过她。不过多年以前，吉塞尔夫人留下了一份遗嘱，除了将一小部分财产留给自己的贴身仆人外，其余的都留给女儿安妮·莫里索。据我所知，这是她唯一的遗嘱。"

"她的财产数额巨大？"波洛问。

律师耸了耸肩。"大概有八九百万法郎。"

波洛吹了一声口哨。杰普说："我的天啊，她看起来可不像这么有钱！汇率是多少来着……哎哟，这差不多是十万英镑了！"

"安妮·莫里索小姐会变成一个非常有钱的年轻姑娘。"波洛说。

"可她不在飞机上，"杰普冷冷地说，"不然她一定会背上杀母的嫌疑。她多大了？"

"我说不好，二十四五岁吧。"

"看起来她和这起谋杀没有关系了。我们还是回到敲诈这条线上来吧。飞机上所有的人都说不认识吉塞尔夫人，其中一人是在撒谎。我们必须找到他是谁。也许我们可以搜查一下她的私人文件，福尼尔？"

"我一听说这个消息，就和伦敦警察厅通了话，"法国警官说，"之后立刻去了她的住所。她有一个保险箱，专门用来存放私人文件。当我赶到时，所有的文件都被烧毁了。"

"烧毁了？谁烧的？为什么？"

"吉塞尔夫人有一位叫埃莉斯的贴身仆人。根据吉塞尔的指示，一旦她有什么不测，埃莉斯就要立即打开保险箱，烧毁所有文件。"

"什么？这太令人难以置信了。"杰普吃惊地说。

"你看，"福尼尔说，"吉塞尔夫人有着自己的道德准则。她对得起那些信赖她的人。她向客户保证，她始终做公平交易。也许她很无情，但确实说话算数。"

杰普默默摇头。四人同时陷入沉默，思索着这位死者的古怪性格。

蒂博站起身。"先生们，我得走了，有个约会。假如还需要我提供任何情况，你们知道我的地址，可以随时来找我。"

他礼貌地和大家一一握手，离开了房间。

第七章 各种可能性

梅特·蒂博走后,三人凑在桌子边。

"现在我们来分析一下,"杰普取下钢笔帽,"飞机里有十一位乘客——我是指后舱,前舱的人没有进来过。十一位乘客,再加上两个乘务员,一共十三个人。在剩下的十二个人当中,有一个是凶手。有些乘客是英国人,有些是法国人——后者我交给福尼尔先生处理,我负责那些英国人。还有必须在巴黎进行的调查,也由福尼尔先生负责。"

"不仅仅是在巴黎。"福尼尔说,"今年夏天,吉塞尔去了法国的一些海滨胜地洽谈业务,多维尔、皮内和温默鲁。她也去过南方,像是昂蒂布、尼斯,这一类的城市。"

"很好,我记得有一两个乘客也去过皮内,这是一条线索。然后我们来看看这起谋杀本身——谁占据的位置最有可能发射毒针?"杰普摊开一张卷起来的机舱平面图,"现在,我们先来做一些初步工作,一个一个讨论这些人,确定他们的犯案概率——或者更重要的是,机会。

"首先我们应当去掉波洛先生,这样就只有十一位乘客了。"

波洛伤感地摇着头。"你太轻信了,我的朋友,你不应该相信任何一个人。"

"那好,如果你坚持,我们把你也算进去。"杰普和蔼地说,"还有乘务员。从概率上讲,我不认为会是他们,他们不大可能借一大笔钱,而且他们二人的记录良好,正派而严肃;但从机会上看,我们不能排除他们,因为他们一直在机舱中走动,有可能找到毒针的最佳发射位置。尽管我并不相信在一个坐满乘客的机舱中,他们能用吹管发射毒针而不让人发现。我的经验告诉我,虽然大部分人都和蝙蝠一样瞎,但总有个限度。当然了,这一条也适用于所有嫌疑人。用这种方法杀人本身就是疯子才会做的事。大概有百分之一的可能不被人看到,这个人一定幸运得可怕。有那么多杀人的办法——"

波洛垂着眼睛坐着,安静地吸烟。这时他开口了。

"你觉得这是一种愚蠢的谋杀方法?"

"当然是。纯粹是疯了。"

"但是成功了。我们三个人坐在一起谈论它,但完全找不出是谁干的,这就是成功!"

"这是纯粹的运气。"杰普说,"凶手本来会有五六个目击者的。"

波洛摇摇头,并不赞成。福尼尔好奇地看着他。

"你是怎么想的,波洛先生?"

"我认为一件事情要用结果来衡量。它成功了,就是这样。"

"但它看起来几乎是个奇迹。"法国人若有所思地说。

"不管是不是奇迹,"杰普说,"我们毕竟有医学上的证据,还有杀人凶器。如果一星期前有人告诉我,我要去调查的案子里面,一个女人被一根沾有蛇毒的针杀死了,我绝对会当着他的面大笑起来。这是侮辱——这起谋杀案就是对我们的侮辱。"

他深深地吸着气,波洛笑了。

"可能凶手是一个具有变态幽默感的人。"福尼尔思索着说,"了解谋杀者的心理状态是最重要的。"

听到"心理状态"这个词时,杰普厌恶地哼了一声。"波洛先生最喜欢听这种说法。"

"我对你们俩说的都很感兴趣。"

"你并不怀疑她是被这样谋杀的,对吧?"杰普带着疑心问,"我知道你的思路总是很扭曲。"

"不,不,我的朋友,在这一点上我的看法很简单。我捡起的那根毒针就是致死原因,这是肯定的。但这个案子还是有一些值得注意的地方……"

他停下来,困窘地摇摇头。

杰普继续说下去:"我们回到爱尔兰乘务员身上。我们不能完全排除他们的嫌疑,不过我认为可能性极小。你同意吗,波洛先生?"

"你记得我说过的话。我自己在目前这个阶段是不会'洗掉'——你们英国人的用语真古怪——任何一个人的。"

"你有你的一套。现在我们来看乘客。我们先从尾部的餐具室和洗手间开始。第十六号座位是——"杰普用铅笔指着草图,"美发师,简·格雷。她中了一次彩票,去皮内把钱花光。这说明她好赌,也许由于手头拮据向吉塞尔借了钱,但一定不是大数目,吉塞尔也不会掌握她的什么秘密。对我们和吉塞尔来说,她不过是一条小鱼。此外,我很难想象理发师的助手能有机会接触到蛇毒,染发和面部按摩都不需要这种东西。

"从某种方面讲,用蛇毒实在是个错误,把范围缩小了很多。一百个人里大概只有两个有相关的知识,并且能够得到它。"

"至少它澄清了一件事。"波洛说。

福尼尔怀疑地看了他一眼,杰普则在整理自己的思路。

"我这么看,"他继续说,"凶手必定符合两种情况之一:要么他去过一些奇异的地方,知道一些剧毒的蛇类,以及土著人用蛇毒做武器的习惯。这是一种可能。"

"另一个呢?"

"在科研方面。这种名为布姆斯兰的毒素只用于一流的实验室。我和温特斯普谈过。蛇毒,确切地说是眼镜蛇毒,有时也用于制药,在治疗癫痫方面有很多成功案例。用蛇毒治疗病症已经在医学界得到了广泛的研究。"

"有趣,有启发。"福尼尔说。

"对。再看看这位格雷姑娘——缺乏动机,没有机会获得毒物,不太可能会使用吹管做凶器。她几乎不可能是我们要找的人。看这里。"

三人弯腰看着草图。

杰普继续说:"这是十六号座位,这是死者坐的二号座位,中间坐了这么多人。假如她不离开座位——所有的人都说她没有——她根本无法将凶器对准死者的颈部。我们完全有理由排除她。

"再看看她对面的十二号座位,是牙科医生诺曼·盖尔。情况基本相同。他也是条小鱼,不过我认为他获得蛇毒的可能性稍微大那么一点点。"

"牙医们不会用它来做注射,"波洛说,"那是杀人,不是治疗。"

"牙医可能受够了自己的病人。"杰普笑着说,"在他的圈子里,有可能接触到一些和特殊药品相关的事情,他也可能在科学界有朋友。然而从可能性的角度考虑,他应当被排除在外。他离开过座位,但只去了洗手间,还是反方向的。如果他在回来的路上下手,距离比他的座位还远，要射中那个女人得有高超的技术和一根会拐弯的毒针。所以，他基本也可以排除了。"

"我同意，"福尼尔说，"下一个。"

"我们来看过道对面，十七号座位。"

"那本来是我的座位，"波洛说，"一位女士说她想和朋友坐在一起，我就让给了她。"

"是维尼蒂娅小姐。她怎么样？她有地位，有可能找吉塞尔借钱。虽然看起来她一生中从未有过不可告人的秘密，但也许她在赛马中做过什么手脚，我们得稍稍留心一下。她所在的位置倒是有可能。如果吉塞尔转过头，朝窗外看去，稍稍伸出脖子的话，维尼蒂娅可以用运动员的姿态射出——或者说是吹出？——致命一针。她与死者正好在后舱对角线的两头。不过这有点难度，我觉得她还是得站起来才能完成。她这种女人，秋天的时候都会拿着枪出去打猎的。我不知道用枪射击的经验是否可以用于吹管。也许在对眼力的要求上，可能是一样的？眼力，还得加上大量练习。也许她有一些男性朋友去过遥远的奇怪地方，她可以通过这种途径得到蛇毒。这听起来实在太可笑了，一点儿都说不通。"

"确实说不通，"福尼尔说，"克尔小姐——我今天在听证会上看到了她。"他频频摇头。"她不是那种能和谋杀案联系起来的人。"

"十三号座位上是霍布里夫人，"杰普说，"她可能是匹黑马。我对她的感觉是：即使她有什么不可告人的秘密，我也不会感到吃惊。"

"据我所知，"福尼尔说，"这位女士是皮内一家赌场的常客。"

"你见闻真广。没错，她是那种会被吉塞尔抓住的小鸽子。"

"我完全同意。"

"到目前为止，一切顺利。但是她是怎么干的？她并没有离开过座位,你要记得。她想杀人必须站起来,在众目睽睽之下越过其他十位乘客的头顶……算了,我们继续。"

"九号和十号……"福尼尔在图上移动着手指。

"波洛先生和布莱恩特医生。"杰普说,"请波洛先生自己说说看?"

"我的胃出了毛病,"波洛难过地说,"头脑是胃的仆人。"

"我也是,"福尼尔同情地说,"我坐飞机的时候总是很不舒服。"

他闭上眼,摇了摇头。

"那么,现在看看布莱恩特医生。他怎么样?他在哈利街很有名,不太可能去找一个法国女人借钱,不过这种事说不准。而且对一个医生而言,任何丑闻都会彻底毁了他的事业。再说说我提到的科研方面的线索——布莱恩特是个顶尖的医生,和一线的药物研究人员有交情。如果他造访某个实验室,偷偷藏起一试管蛇毒轻而易举。"

"实验室会清点这些东西的,我的朋友,"波洛表示反对,"这和在草原上摘朵花可不一样。"

"就算他们会清点,聪明人可以用一管别的无害的东西来代替。这很容易做到,因为没人会怀疑布莱恩特这样的人。"

"你说得有道理。"福尼尔说。

"唯一的问题是,为什么他要把大家的注意力引到毒药上?他为什么不说是心力衰竭——自然死亡?"

波洛咳嗽了一声,另外两个人好奇地看着他。

"我想,"波洛说,"医生的第一印象确实是那样。它毕竟很像自然死亡,可能是被那只黄蜂蛰的。别忘了,还有一只黄蜂。"

"我们不会忘的,"杰普说,"你老是提到它。"

"然而,"波洛继续说,"我发现了那根致命的毒针。当我把它捡起来时,一切都指向谋杀了。"

"那根针迟早会被发现的。"

波洛摇摇头。"凶手有机会瞒着别人将它拾起来。"

"布莱恩特?"

"或者其他什么人。"

"嗯……这太冒险了。"

福尼尔表示反对。"你这么觉得,是因为你知道发生了谋杀。但当一个女人突然死于心脏病的时候,如果有个男人掉了手帕,弯腰捡起来,谁会多想呢?"

"没错,"杰普说,"我想,布莱恩特绝对是我们嫌疑人列表上的一员。他可能探出头,从座位上吹射毒针,斜穿过机舱。只是为什么没有一个人看见他?不过我不会再反复提起这一点了,不管是谁干的,确实没被人看见。"

"我想这一定是有原因的。"福尼尔微笑着说,"我敢说波洛先生会很感兴趣。我是说,一定有某种心理上的原因。"

"说下去,我的朋友,"波洛说,"你的观点很有意思。"

"假如你坐在火车上,经过了一间正在燃烧着的房子,所有人的眼睛都注视着窗外,所有注意力都集中在一点上。在这样的时刻,一个人抽出匕首向另一个人刺去,其他人不会注意到他干了什么。"

"没错,"波洛说,"我记得办过一个类似的案子——关于毒药的,遇到了同样的问题。你可以把这个叫做'心理盲点时刻'。如果我们发现普罗米修斯号的航程中也有这样的一个时刻——"

"只要问问乘务员和乘客就知道了。"杰普说。

"是的。不过假使有过这样的时刻,那从逻辑上讲,必然是凶手自己制造的。他一定有办法制造出某种效果,吸引了大家的注意力。"

"完全正确。"法国警官说。

"好吧，我们把它作为一个需要询问的疑点记录下来。"杰普说，"下面是八号座位——丹尼尔·迈克尔·克兰西。"杰普说出他的名字时带着重音，"依我看，他是嫌疑最大的人。一个神秘小说的作者要想假装对蛇毒有兴趣，从某个心地单纯的化学家那里骗来一点儿样品真是太容易了。别忘了，他经过了吉塞尔的座位，乘客中只有他一个人这么做过。"

"我向你保证，朋友，"波洛强调，"我没有忘记这个。"

杰普继续说："他经过吉塞尔时，如果近距离吹射毒针，就不需要所谓的心理盲点。还有，他今天拿出的那支吹管，谁知道是不是两年前买的？在我看来整件事都很可疑。我不觉得成天琢磨犯罪和侦探故事的人是正常的，那会让他有太多不健康的想法。"

"对作家来说，有想法是必要的。"波洛说。

杰普又回到了草图上。"四号座位是赖德，正好在死者前面。我不觉得是他，不过我们也不能将他排除。他去过洗手间，回座位的时候可以从很近的距离射出毒针。只不过如果他这么干了，那两个考古学家肯定会看见的。这不可避免。"

波洛若有所思地摇摇头。

"你大概没有和多少考古学家打过交道，对吗？如果这两个人专注于谈话，他们是不会注意到周围发生的任何事情的，他们活在公元前五千年，一九三五年对他们来说是不存在的。"

杰普看上去有点迷惑。"那么就来看看这对杜邦父子。福尼尔，关于他们你知道些什么吗？"

"阿曼德·杜邦是法国最著名的考古学家。"

"这对我们没什么用。他的位置最近，在过道对面，吉塞尔的前一排。我看他们一定去过许多古怪的地方，很有可能接触过土著人的什么蛇毒。"

"这是可能的。"福尼尔说。

"但你不相信?"

福尼尔摇着头。"杜邦先生生命的意义就在于他的专业。他热爱这门学问。他以前是个古董商,放弃了挣钱的机会而献身考古事业。他们父子二人都为事业放弃了一切。对我来说他们不像是凶手——我不说'不可能'三个字,自从史塔文斯基事件[①]以来,我能相信任何事情。"

"好吧。"杰普收拾起做了许多笔记的草图,清了清嗓子,"现在看看我们的成果。简·格雷——概率:小;可能性:几乎不存在。盖尔——概率:小;可能性:同样是几乎不存在。克尔小姐——概率:非常小;可能性:存疑。霍布里夫人——概率:大;可能性:几乎没有。波洛先生——几乎就是我们要找的罪犯,飞机上只有他能创造出心理盲点。"

杰普为自己的笑话而得意地大笑起来,波洛勉强报以微笑,福尼尔无动于衷。杰普继续说:"布莱恩特——概率和可能性都很大。克兰西——动机存疑,但概率和可能性也都不小。赖德——概率不详,有一定的可能性;杜邦父子——动机和概率几乎为零,但从获得毒物的机会上讲,可能性又很大。"

"目前我们的结论就是这样,但需要开展一些例行的调查。我先从克兰西和布莱恩特着手,看看他们的记录,最近或者以前是否有过

[①]二十世纪三十年代法国政界与商界的巨大丑闻。出身低微的法籍俄国犹太人史塔文斯基通过投机活动逐步控制了巴黎的黑社会、新闻界、社交界等,并与政界人士联系紧密。在丑闻败露后,起初调查工作一再受到阻挠,随着事件进展,大量政府官员落马,派系斗争加剧,造成了巨大的政治危机。官方报告上史塔文斯基最终死于自杀,但传闻认为他是被巴黎警方谋杀的。

经济问题——是否看起来窘困,去年都干了什么,这一类的常规调查。对赖德先生我会用同样的方法,其他人也不能完全放过,我会让威尔逊盯着。那么,福尼尔先生,你就负责杜邦父子。"

巴黎警察厅的人点点头。"我会把一切都确认清楚。今晚我就回巴黎。既然现在我们对案情有了进一步了解,也许能从吉塞尔的仆人埃莉斯那里问出更多情况。我还要仔细调查吉塞尔近来的活动,特别是今年夏天的。我知道她去过一两次皮内。或许可以从她和英国人的交往中找到一些线索。对,有很多事情要做。"

两人同时望着陷入沉思的波洛。

"你要参与进来吗,波洛先生?"杰普问。

波洛站了起来。"我想和福尼尔一道去巴黎。"

"没问题。"法国人说。

"你有什么想法?"杰普好奇地看着波洛问,"你一直都非常安静。你想到了什么?"

"有那么一两点,不过很难讲。"

"说出来让我们听听。"

"其中之一,"波洛慢慢地说,"是吹管出现的位置。"

"问得好!由于它,你差点儿被关起来。"

波洛摇摇头说:"我不是这个意思。我头疼,不是因为它是在我座位后面被发现的,而是它为什么会被塞到我的座位后面。"

"我没看出这有什么不对。"杰普说,"不管是谁干的,他总得把它藏起来,怎么可能冒着风险将它留在身上呢?"

"说得对。不过你在检查飞机的时候也许注意到了,飞机上的窗户不能开启,但每扇窗户都有一个通风口——一个圆形的孔,转动盖在上面的一片玻璃就能打开。这个孔用来处理吹管简直再方便不过了。"

为什么不把吹管塞进去呢？它会掉到外面去，落向地面，永远不会被人发现。"

"我可以找出一个不这么做的理由：他害怕被别人看见。"

"那么，"波洛说，"他不怕别人看见他用吹管吹射毒针，却害怕别人看见他将凶器塞出窗口？"

"这有些荒唐，我承认，"杰普说，"但事实就是这样。他确实把吹管藏在了座位的垫子后面，我们不能否认这一点。"

波洛没有作答，福尼尔好奇地问："这让你有了一个想法？"

波洛点头表示同意。"这让我产生了怀疑。"

他的手指无意识地把杰普刚才不小心碰歪了的墨水瓶放正，然后抬头问道："对了，我请你准备的乘客物品的详细清单准备好了吗？"

第八章 清单

"我是说话算数的。"杰普说。

他微笑着把手伸进口袋,拿出一沓写得密密麻麻的纸。"给你。都在这儿——包括最小的东西!我承认,这里面有一样东西引起了我的兴趣。你先看看,我们再谈。"

波洛将清单摊开读了起来,福尼尔也凑过来,越过他的肩膀读着纸上的内容。

詹姆斯．赖德的物品

衣兜:标有J.皮格斯金商标的亚麻手绢。七张一英镑的钞票,三张名片。合伙人乔治·埃尔伯曼的信函,上面写着"贷款谈判必须成功,否则我们将处境不妙"。一封署名莫迪的信,约定次日晚与特罗卡多见面(便宜信纸,未受过高等教育的字迹)。银质烟盒。火柴夹。钢笔。一串钥匙。一把弹簧锁钥匙。零散的法郎和英镑。

手提箱：许多与水泥交易相关的文件和材料。

布莱恩特医生的物品

衣兜：亚麻手绢两条。钱包里有二十英镑和五百法郎。英法货币零钱。记事本。烟盒。打火机。钢笔。弹簧锁的钥匙。一串其他钥匙。装在乐器盒里的长笛。一本《本韦努托·切里尼① 回忆录》和一本《耳科疾病》。

诺曼·盖尔的物品

衣兜：丝质手绢。钱包里有一英镑和六百法郎，以及一些零钱。两个生产牙医器械的法国公司的名片。空火柴盒。银质打火机。烟斗。橡胶烟草袋。一串钥匙。

手提箱：白色亚麻外套。两面微型牙医镜。医用棉花。三本杂志——《巴黎生活》、《海滨杂志》、《汽车》。

阿曼德·杜邦的物品

衣兜：钱包里有一千法郎和十英镑。眼镜盒与眼镜。一些法郎的零钱。棉质手绢。香烟和火柴。牙签。

手提箱：一份准备呈交皇家亚洲协会的草图。两份德语的考古学出版物。两张陶器的粗略素描图。装饰有花纹的空管（据说是库尔德人的笛子）。小号的编制托盘。九张未装框的照片，上面都是陶器。

---

①本韦努托·切里尼（Benvenuto Cellini, 1500—1571），意大利文艺复兴时期的金匠、画家、雕塑家、战士和音乐家。

让·杜邦的物品

衣兜：钱包里有五英镑和三百法郎。香烟盒。象牙烟嘴。打火机。钢笔。两支铅笔。写满潦草记录的小笔记本。一封英文书信，署名是L.马里纳，邀请他去托特纳姆法院路附近的一家餐厅共进午餐。一些法郎的零钱。

丹尼尔·克兰西的物品

衣兜：沾有墨迹的手绢。漏水的钢笔。装有四英镑和一百法郎的钱包。三张有关最近犯罪案件的剪报（其中之一是投毒，另外两起是挪用公款）。两封房地产中介的广告信，介绍乡间的房产。记事本。四支铅笔。笔形小刀。三张收据和四张未付的账单。一封写给"S.S.米诺陶"的信，署名是戈顿。记录情节构思的笔记本。意大利、法国、瑞士和英国的零钱。那不勒斯饭店的付款收据。一大串钥匙。

外衣兜：为一部名为《维苏威火山谋杀案》的小说准备的手记。欧洲大陆列车时刻表。高尔夫球。一双袜子。牙刷。一张巴黎饭店的付款收据。

克尔小姐的物品

小手提包：唇膏。两根烟嘴：象牙的和玉的。小粉盒。香烟盒。火柴夹。手帕。两英镑钞票。一些零钱。一封未写完的信贷公函。钥匙。

化妆盒：鲨鱼皮制的。瓶子、刷子、梳子等。修指甲用具。洗漱包里有牙刷、海绵、牙粉、肥皂。两把剪刀。五封来自家人和朋友的信件。两部陶赫尼茨平装本①。两只西班牙猎犬的照片。

随身带着《时尚》和《好管家》两本杂志。

简·格雷的物品

手提包：唇膏、腮红、粉盒。弹簧锁和老式锁的钥匙。铅笔。烟盒、烟嘴。火柴夹。两条手帕。皮内的饭店付款收据。一本小的《法语会话》。钱包里有一百法郎。英镑和法郎的零钱。一枚赌钱的筹码，价值五法郎。

大衣口袋：六张巴黎的明信片。两条手帕。丝巾。一封署名"格拉蒂丝"的信。一管阿司匹林。

霍布里夫人

小手提包：两支唇膏、腮红、粉盒。手帕。三张一千法郎的大钞。六英镑。法郎的零钱。钻石戒指。五张法国邮票。两支烟嘴。打火机跟盒子。

化妆盒：全套化妆用品。精制的纯金修指甲用具。一只小瓶，上面的标签上用墨水写着"硼酸粉"。

波洛看完清单后，杰普指着最后一项说："我的人相当聪明，他觉得把这个和其他东西放在一起有点奇怪。才不是硼酸粉！那个小瓶子里的白色粉末是可卡因。"

波洛的眼睛睁大了一下，然后慢慢点点头。

"也许这与本案无关，"杰普说，"不过大概也不用我提醒你，一个

---

① Tauchnitz novels，第二次世界大战前德国出版的廉价丛书。

吸毒的女人道德水准能有多高。我觉得，当她急着获取想要的东西时，她的地位阻止不了她，无论她把那套无助的女性姿态运用到什么地步。但无论如何，我怀疑她是否有足够坚强的神经去实施谋杀。说实话，我也看不出她作案的可能性。这件事可能没什么意义。"

波洛将手写的清单拿起来再读了一次，然后放下，叹了一口气。"从表面上看，显然有一个人是凶手。但我却不明白是为什么，以及如何实施的。"

杰普盯着他。"你是说，只看了这张清单，你就知道是谁干的了？"

"我想是这样。"

杰普抓起清单又读了一遍，之后递给福尼尔，后者也从头到尾看了一遍。然后他把清单丢在桌上，瞪着波洛。

"不是在开玩笑吧，波洛先生？"

"不，不。"

"你呢，福尼尔？"

法国警官摇摇头，"我也许很笨，但我看不出这份清单有什么帮助。"

"不是清单本身，"波洛说，"而是将它与本案的某些特征联系起来。不过，也许是我搞错了。"

"把你的理论说出来听听吧，"杰普说，"我非常有兴趣。"

波洛摇摇头。"像你说的那样，这只是个理论而已。我一直希望在清单中找到一件物品，我的确看到了。但它指向不同的地方。正确的线索，但人选不恰当。这意味着我们还有许多工作要做，而且确实还有许多模糊不清的问题。我看不清下一步该怎么走，只能等待某些迹象出现，并且以一种有意义的方式组合起来。你们没有察觉吗？我看你们并没有。那好，我们各自按自己的思路行动吧。我可以告诉你们，此刻我无法确信任何事,只不过是某种猜测而已。"

"我看你是在信口开河①。"杰普说着站起身来,"我们今天就到此为止。我负责伦敦这边,你回巴黎。那么你呢,波洛先生?"

"我仍然希望和福尼尔先生一道去巴黎——比之前更希望了。"

"还更希望?我真想知道你脑子里是顶什么帽子。"

"帽子?你可真不客气!"

福尼尔起身与他们郑重握手。"感谢你们的热情款待,祝你们晚安。我们明天在克里登机场见?"

"没错,一言为定。"

"希望航程中没有人试图谋杀我们。"

两位侦探走后,波洛陷入了沉思。他站起身来收拾了一番,倒空烟灰缸,摆正椅子。他坐在桌旁,顺手拿过一本杂志,封面标题是:两位日光崇拜者——霍布里伯爵夫人和雷蒙德·巴勒克拉夫先生在皮内。封面照上,两人身着泳装,笑着挽起手臂。

"我想,"波洛自语道,"有些人会因为这几句话做些什么……是的,他们会的。"

---

① 原文为谚语 talk through your hat,直译为"用你的帽子思考",故有下文的对话。

第九章 埃莉斯·格兰迪尔

第二天的天气非常好，即使波洛也承认，自己的胃适应良好。他和福尼尔登上了八点四十五分去巴黎的飞机，机上只有七八位乘客。法国警察打算在旅途中做做试验。他从口袋里拿出一支竹管，将它放在嘴边瞄准某个目标。有一次他从座位的角上探出来，一次把头略微转向一边，一次是从洗手间回来的路上。每一次都引发了一些乘客奇怪的目光。最后一次，整个机舱里的人都注视着他。

福尼尔泄气地坐进自己的座位，在波洛打趣他时也并不开心。

"你觉得好玩，我的朋友？但总得有人做实验呀。"

"当然！我非常敬佩你的细心和全面。没有比公开实验更有效果的了。你演示了使用吹管杀人的方法，结果很明确：所有的人都能看见你。"

"并不是所有的人。"

"某种程度上是这样的。每一次都有人没有看到你，但对一起成功的谋杀来讲，这是不够的。你必须确保任何人都看不到你。"

"在正常状况下,这是不可能的。"福尼尔说,"我坚持我的观点:一定出现过一次非正常的状况,心理上的盲区!每个人的注意力都被引到了计划好的地方。"

"我们的朋友杰普正打算挨个儿询问乘客。"

"你不赞同我的意见吗?"

波洛犹豫了一下,慢吞吞地说:"我同意一定有某种心理原因导致没有人看到谋杀发生……但我的想法与你稍有不同。我觉得在这件事情上,亲眼所见的东西可能是具有欺骗性的,不如闭上眼睛。运用心灵的眼睛,我的朋友,而不是身体的;让灰色脑细胞活跃起来……让它们告诉你到底发生了什么。"

福尼尔好奇地瞪着他。"我不明白你的意思,波洛先生。"

"因为你是基于自己已经看见的东西来推理的。没有什么比观察更能误导人了。"

福尼尔再次摇头,摊开双手。"我放弃了,我听不懂你的话。"

"我们的朋友吉劳德先生会告诉你,不必在意我说什么。'站起来干活',他会说,'坐在扶手椅里空想,那是过气了的老头子的做法。'但我会说,一条年轻的猎犬往往因为太急躁而忽略了本该闻到的气味,只能闻到那条红鲱鱼①。我已经给了你一个很明显的提示。"

说完之后,波洛往后一靠,闭上了眼睛。或许他是在思考,但五分钟之后,他已经睡着了。

抵达巴黎后,他们直奔若利耶特街三号。它看起来和其他房子没什么不同,上了年纪的看门人阴沉地接待了他们。

"又是警察!警察只能带来麻烦,房子的名声会受影响的。"他说

---

① 烟熏后的红绯鱼可混淆猎犬的嗅觉,后常用红鲱鱼一词指代转移焦点或注意力。

完退回了自己的房间。

"我们去吉塞尔夫人的办公室。就在一楼。"福尼尔说。

他从口袋里掏出钥匙,并解释说法国警方将这个地方锁好并封存了,等待英国方面进一步的调查结果。

"不过我担心这儿没有什么东西能帮上忙。"福尼尔说。

他扯开封条,打开门,两人走了进去。吉塞尔夫人的办公室是个拥挤的小房间。除了角落里的一个老式保险箱,只有一张商务气息很重的办公桌和几把陈旧的绒面椅。唯一的窗户很脏,而且看起来从未打开过。

福尼尔耸耸肩,环视一周。"看到了?什么都没有。"

波洛绕过书桌对面。他坐下来,隔着桌子看着福尼尔。他轻轻地摸了摸桌面的木头,然后是桌面下方。

"这里有一只铃。"他说。

"对,那是叫看门人的。"

"很好的预防措施。吉塞尔夫人的客户有时可能会闹起来。"

波洛打开一两个抽屉,里面有文具、日历、钢笔和铅笔,但没有纸,也没有其他有意义的东西。他只是大致看了一下。

"我不会冒犯你的,我的朋友。我就不检查了。如果有什么能找到的,你早就找到了,我很肯定这一点。"他朝墙角的保险箱看了看,"款式有点老,不是吗?"

"过时了。"福尼尔表示同意。

"已经空了?"

"对,被那该死的仆人烧光了。"

"啊,没错,那个仆人,了解机密的仆人。我们必须去见她。就像你说的,这个房间里空空如也。这很有意义,你不觉得吗?"

"你指什么,波洛先生?"

"这个房间里没有一点儿个人色彩,我觉得这很有趣。"

"她并不是个感情用事的女人。"福尼尔冷淡地说。

波洛站起身。"走吧,我们去见见这个女仆——绝对知心的女仆。"

埃莉斯·格兰迪尔是个矮胖的中年女人,面色红润,两只精明的眼睛警觉地扫视着福尼尔和他的同伴。

"请坐,格兰迪尔女士。"福尼尔说。

"谢谢您,先生。"她平静地落座。

"波洛先生和我今天从伦敦赶来。听证会——吉塞尔夫人之死的听证会——于昨天举行。毫无疑问,夫人是被毒死的。"

法国女人难过地摇摇头。"你说的话很可怕,先生。夫人被毒死了?谁会干出这种事情?"

"也许你能帮助我们。"福尼尔说。

"当然,先生,我会尽我所能帮助警方。但我什么都不知道——完全不知情。"

"你知道夫人有什么敌人吗?"福尼尔尖锐地问。

"不会的。"埃莉斯有点激动,"夫人怎么会有敌人?"

"别这样,格兰迪尔女士,"福尼尔冷淡地说,"以放贷为职业,这本身就会引起一些不愉快。"

"夫人的客户有时的确不讲道理。"埃莉斯表示同意。

"他们会闹起来?威胁她?"

女仆摇了摇头。"你搞错了,提出威胁的不是他们。没错,他们倒是会喊叫、抱怨、声称自己没法儿把钱还上。"她的语气充满蔑视。

"也许,有时候,女士,他们确实还不上。"波洛说。

埃莉斯·格兰迪尔耸了耸肩。"也许吧,那是他们的问题。最后他们通常都还上了。"

她的话带着一点满意的声调。

"夫人是一位强硬的女人。"福尼尔说。

"她做事很公平。"

"你认为受害者不值得同情?"

"受害者……受害者……"埃莉斯烦躁地说,"你根本不明白。难道人就应该欠别人钱,过着自己负担不起的生活,到处挪借,还打算把这钱当成别人送你的?这一点都不合乎情理!夫人总是公平公正的。她借别人钱,然后要求你还清。这就是公平。她自己从不欠钱。她的所有东西都是光明正大买来的,从不会有没付的账单。你们说她强硬,这也不是事实。夫人很善良,募捐的人上门她总会给钱,她也为许多慈善机构捐款。看门人乔治的妻子得了病,还是夫人出钱送她去乡间的疗养院。"

她停下来,气得满脸通红,然后重复道:"你们不明白,你们一点儿都不了解夫人。"

福尼尔等她气头过了,接着说:"你说她的客户最终还是还清了借债。你知道夫人是怎么迫使他们这么做的吗?"

她又耸耸肩。

"我对此一无所知,先生。"

"你知道很多事——你烧毁了夫人的文件。"

"我只是在服从指令。她说过,一旦她发生意外,或者不在我身边的时候病故,我就要烧毁所有生意上的文件。"

"楼下保险箱里的文件?"波洛说。

"对。她的生意文件。"

"它们放在楼下的保险箱里?"

波洛的追问使得埃莉斯脸上泛起了红晕。

"我遵照了夫人的指示。"她说。

"我知道。"波洛微笑着说,"但那些文件并不在保险箱里,不对吗?那只保险箱太破旧了,一个外行也可能打开它。文件应该是放在其他地方,比如说在夫人的卧室里?"

埃莉斯沉默了一会儿,回答:"是的。夫人常常骗客户说文件在保险箱里,但那只保险箱不过是个幌子,所有的东西都在夫人的卧室里。"

"你可以告诉我们具体在哪里吗?"

埃莉斯站起来,两位侦探跟着她。吉塞尔夫人的卧室是个相当大的房间,但塞满了华丽的家具,几乎难以从容行走。一个角落里有一个巨大的老式箱子。埃莉斯掀开箱盖,取出一件丝绸内衬的驼毛裙,裙子里面有一只很深的口袋。

"文件就在里面的大信封里。"埃莉斯说。

"三天前我问你的时候,你可没有提这个。"福尼尔尖刻地说。

"对不起,先生。你当时问我保险箱里的文件还在不在,我说我把它们烧了。我说的是真话,现在那些文件原本在哪里已经不重要了。"

"是的。"福尼尔说,"你应该明白,格兰迪尔女士,那些文件不应该被烧毁。"

"我遵守了夫人的指示。"埃莉斯不高兴地说。

"我知道,你做了你能做的。"福尼尔安慰她说,"现在我想让你仔细听我说,女士。夫人是被谋杀的。很可能是因为她掌握了和凶手有关的重要情况,那些情况都在文件里。我还想问你一个问题,你可以不必立即回答。你烧毁文件时看过里面的内容吗?在我看来,即使你看过,也是非常正常、很好理解的。如果你看过,我们绝不会责怪你。相反,你能提供的任何情况对我们的侦破都大有帮助。因此,女士,请不要犹豫,说真话。在你烧毁文件之前,看过它们吗?"

埃莉斯急促地呼吸着。她倾身向前,语气低沉:"没有,先生,我什么都没有看见。我连封口都没拆就把信封烧了。"

第十章 小黑本

福尼尔注视她良久，确认她说的是实话，这才做出一个气馁的手势，移开了目光。

"很遗憾，"他说，"你是个值得尊敬的人，但这很遗憾。"

"我必须这么做，先生。我很抱歉。"

福尼尔坐下来，从口袋里拿出笔记本。"上次我问你的时候，你说不知道夫人客户的名字。可刚才你说他们抱怨不休，乞求怜悯。所以你确实知道吉塞尔夫人客户的一些事情？"

"请听我解释，先生。夫人从未提到过任何一位客户的名字，她从不与人谈她的业务。但她终归是人，对吗？她也会突然说出一些事情，评论一些人。有时候她像在对我说话，其实是自言自语。"

波洛倾身向前。"你能举个例子吗，女士？"

"比如说，来了一封信，她拆开，干笑一声，说：'哭哭啼啼，抱怨连声，我的好太太。都一样，你必须付钱。'她也有可能对我说：'蠢货！真是蠢货！我会借出这么大一笔钱吗？我一定要得到保证。情报就是保证，埃莉斯，情报就是力量。'她会这么说。"

"那些前来拜访的客户，你见过他们吗？"

"没有，先生，几乎不可能见到。他们只去一楼，你明白的，并且大都是天黑后才来。"

"她去英国之前回巴黎了吗？"

"前一天下午才回来的。"

"她去了哪儿？"

"她出去了半个月，到杜维尔、皮内、巴黎沙滩①和温默鲁。每年九月她都去这些地方。"

"好好想想，女士，你还记得她说过什么有用的事情吗？"

埃莉斯想了一会儿，然后摇摇头。

"没有，先生。"她说，"我不记得有过什么。夫人情绪挺好，她说生意进展顺利，她的旅行大有收获。她指示我打电话到寰宇航空公司，预定一张去英国的机票。早班已满员，她只订到了十二点的航班。"

"她说过为什么要去英国吗？有什么紧急情况吗？"

"哦，不，夫人经常去英国。她总是头一天才通知我订票的。"

"头一天晚上有什么客户来过吗？"

"我想是有一位，先生，但我不能肯定。看门人乔治可能会知道。夫人什么都不告诉我。"

福尼尔从口袋里拿出些照片，大部分都是记者们在证人离开法庭时拍的快照。"你认识里面的人吗，女士？"

埃莉斯接过照片，依次看了一遍，然后摇摇头。"不认识，先生。"

"那我们必须问问乔治。"

---

① 塞纳河北岸的一段，被修建成海滨沙滩的样子，供市民夏日度假。

"是的，先生。不过很可惜，乔治的视力不好。"

福尼尔站了起来。

"好吧，女士，那我们告辞了——如果你非常肯定没有向我们隐瞒任何事情的话。"

"我？我能隐瞒——什么事情？"埃莉斯看起来很紧张。

"我明白了。走吧，波洛先生。对不起，你在找什么东西吗？"

波洛确实在屋里来回踱步，看起来像在寻找什么。

"是的，"波洛说，"有一样东西我没有看见。"

"是什么？"

"照片，"波洛说，"吉塞尔夫人的家庭成员照片。"

埃莉斯摇着头。"她没有家人。她在世上是孤身一人。"

"她有一个女儿。"波洛语气锐利。

"是的，是这样。她有一个女儿。"埃莉斯叹了口气。

"但是没有她的照片？"波洛坚持问。

"哦，先生，您不明白，夫人确实有个女儿。但那是很久以前的事，您得理解。我相信从那个孩子很小的时候开始，夫人就没有再见过她。"

"怎么可能？"福尼尔紧追不舍。

埃莉斯做了个很有表现力的手势。

"我不知道。那是夫人年轻时的事情，我听说那时候夫人很漂亮——漂亮，但是很穷。她也许结过婚，也许没有。我认为没有。在孩子的事情上，有人做了一些安排。夫人那时染上了天花，病得非常厉害，差点儿就死了。当她康复以后，美貌永远地失去了。青春不再，浪漫不再，她成了生意人。"

"可她把自己的财产留给了女儿。"

"是这样。"埃莉斯说,"人还能把财产留给谁?当然是骨肉至亲。血浓于水,再说夫人也没有朋友。她总是一个人,所以把所有的激情都用在赚钱上了。她的花销很小,十分节俭。"

"她留给了你一部分财产。你知道这一点?"

"是的,她告诉过我。夫人总是很慷慨,她也付给我很高的年薪。我十分感激她。"

"好吧,"福尼尔说,"我们告辞了。出去的时候我要和老乔治再谈谈。"

"请允许我再耽搁几分钟好吗,我的朋友?"波洛说。

"你随意。"

福尼尔离开了。

波洛在房间里来回走动着,然后他坐下来,紧盯着埃莉斯。在他的审视下,这个法国女人显得有些不自然。

"先生,您还有什么想知道的?"

"格兰迪尔小姐,"波洛说,"你知道是谁杀死夫人的吗?"

"我不知道,先生。我在上帝面前发誓,我不知道!"

她的语气诚挚。波洛仔细审视着她,然后低下头。"好的,我接受。但知道和怀疑是两回事。你怀疑过谁会干这种事情吗?"

"先生,我不知道。我已经对警方的人说过了。"

"你对他的说法跟对我的说法可以不一样。"

"您为什么这么说,先生?我为什么要这么做?"

"因为把信息提供给警方和提供给个人也是不一样的。"

"是的,"埃莉斯承认,"这倒是真的。"

一丝犹豫的神情从埃莉斯的脸上闪过。她看起来像在思索。波洛弯下腰,说:"我来告诉你一件事,格兰迪特小姐。我的责任之一,就是在未经证明的情况下，不相信任何人告诉我的话。我并不会先怀疑一个人，再怀疑另一个；我怀疑所有的人。任何与本案有关的人在我看来都有嫌疑，直至他被证明是无辜的。"

埃莉斯愤怒地咆哮起来："你难道怀疑我——我——杀了夫人？这太过分了！这种想法太不可信了！"

她丰满的胸脯剧烈地起伏着。

"不，埃莉斯，"波洛说，"我不怀疑你会是凶手。不管杀她的是谁，肯定在那架飞机上，所以不可能是你亲手干的。但也许你是一个帮凶。你有可能将夫人的旅行计划泄露给了什么人。"

"没有，我发誓。"

波洛再次默默地审视着她，然后点点头。"我相信你。但你确实隐瞒了一些事情。没错，你就是隐瞒了！听着，我来告诉你，每一次在调查中询问证人时，我们都会碰上同样的情况。每个人都要隐瞒一些事情。通常是一些无害的小事，和案件完全无关，但是——让我再强调一次——总有一些事情被隐瞒了。你也是这样，不要否认！赫尔克里·波洛知道一切。当我的朋友福尼尔问你，你是否隐瞒了什么的时候，你看起来很困扰。你的回答是不确定的，是在逃避。当我对你说，你不想告诉警方的事情可以告诉我的时候，你确实在思考和权衡。所以一定有什么事情，我想知道那是什么。"

"那不是什么重要的事情。"

"也许不是，但是都一样，请告诉我。"当埃莉斯开始犹豫时，他补充道，"记住，我不是警察。"

"是的。"埃莉斯·格兰迪尔说。她犹豫了一阵才继续。"先生，我的处境很困难。我不知道夫人会不会愿意让我这么做。"

"两个头脑总比一个好。你可以问问我的意见，让我们一起来考虑这个问题。"

埃莉斯的目光仍旧充满疑虑。波洛微笑起来。

"你是个忠心耿耿的人,埃莉斯。我看出来了,这是一个事关忠诚的问题。"

"是的,先生。夫人很信任我。自从我为她工作以来,我一直忠实地执行她的所有指示。"

"你对她感激涕零,是因为她对你有恩?"

"先生,你非常敏锐。是的,我不介意承认这一点。我被人骗过——积蓄都被偷光了,还有一个孩子。夫人对我非常好,她安排农场里的一户好人家把孩子带走,抚养长大。那是个非常好的农场,先生,那家人非常诚实。就是在那时,她对我承认,她自己也有个孩子。"

"她告诉过你这个孩子多大了,住在哪里吗?"

"没有,先生。她把这当作生命中已经放下的一段历史。她说这样最好。那个小女孩会得到很好的照顾,将来会有稳定的职业。当她死后,她会把所有的财产留给女儿继承。"

"她谈到过孩子的其他情况,或者孩子的父亲吗?"

"没有,先生。不过我有一种印象——"

"说下去,格兰迪尔女士。"

"只是一种猜测而已,你要明白。"

"没问题,没问题。"

"在我的印象中,孩子的父亲是个英国人。"

"你从哪里得来的这种印象?"

"我并不确定。只是每当提起英国人,夫人的声音里都带着愤恨。我也觉得,每当她的生意涉及英国人,她都很高兴把他们控制在手心。这只是我的印象而已……"

"没错,但很有价值,它启发了一些可能性……埃莉斯小姐,你的孩子是男孩还是女孩?"

"女孩。不过她五年前死了。"

"哦,对不起。"

片刻沉默,之后波洛说:"现在,埃莉斯,你刚才没有说出来的究竟是什么事情?"

埃莉斯起身离开房间。回来的时候,她拿着一个黑色的笔记本。

"这是夫人的,不管去任何地方她都带着它。这次去英国前,她怎么也找不到它,认为一定是放错了地方。她走之后我找到了它,是掉在床头后面了。我把它放在自己的房间里,打算等夫人回来后还给她。听到夫人的死讯后,我立刻烧光了文件,但我没有动这个笔记本。夫人没有指示过我怎么处理它。"

"你是什么时候得知夫人的死讯的?"

埃莉斯迟疑了一分钟。

"你是从警方那里听到的,不是吗?"波洛说,"他们来搜查夫人的房间,发现保险箱是空的,于是你告诉他们你把文件烧掉了。但实际上,你是等他们走后才烧文件的。"

"是这样没错,先生。"埃莉斯承认,"当他们搜保险箱时,我把文件从箱子里拿走了。我告诉他们文件烧掉了。无论如何,这十分接近事实。我只要一有机会就会烧掉它们。我必须遵守夫人的指示。您看到我的处境有多困难了吗,先生?您不会告诉警方吧?他们可能会找我麻烦的。"

"我相信你是出于良好的动机,埃莉斯。但无论如何,你能够理解,这件事很遗憾,相当遗憾。不过为已经做过的事情后悔是没有用的,我不觉得有必要跟了不起的福尼尔先生提出烧文件的确切时间。

现在让我们来看看这个小本子有没有帮助。"

"我不认为会有,先生,"埃莉斯摇摇头说,"它的确是夫人的私人备忘录,但完全是用数字写的。没有相关的文件就全无意义。"

她不情愿地把笔记本递给波洛,后者接过来翻开。上面用铅笔以外国人的字体写着一些条目。条目看起来都很类似——一个编号,后面跟着几个字的描述。

　　　　CX256。上校的妻子。驻叙利亚。团部基金。
　　　　GF342。法国代表。斯塔文斯基相关。

大约有二十个这样的条目,都是相同的格式。笔记本最后是用铅笔记下的一些时间和地点,例如:

　　　　皮内,星期一。赌场,十点三十。萨伏伊饭店。ABC舰队街,十一号。

这些记录都不完整,看起来并不像实际的约会,更像吉塞尔记录的一部分。

埃莉斯焦急地望着波洛。"它们没有任何意义,至少对我来说没有。只有吉塞尔夫人能读懂。"

波洛合上笔记本,将它放进衣兜。"它可能非常有用,女士。把它交给我,你做得很对。你的良心也应当平衡了。夫人从未说过让你把它烧掉?"

"是这样。"埃莉斯的脸庞变得明亮了一些。

"这样的话,基于你的职责,你应该把它交给警方。我会和福尼尔安排一下，使你不必因为交得不及时而受到他们的责难。"

"先生您真是好心。"

波洛站起来。"我该去找我的朋友了。最后还有个问题。你是在布尔歇机场还是在公司售票处为吉塞尔夫人预定的机票？"

"我是打电话给寰宇航空公司预定的，先生。"

"是卡普辛斯街的售票处？"

"对，先生，卡普辛斯街二五四号。"

波洛在小笔记本上记下门牌号，友善地点头离开了。

第十一章 美国人

福尼尔正在和老乔治深入地交谈。福尼尔看起来怒气冲冲。

"警察就是这样,"老乔治的声音嘶哑低沉,"同一个问题问个没完。他们到底想要知道什么?迟早有人放弃诉说真相,干脆撒谎算了!当然,是大家都同意的谎话,适合各位'先生'记录下来的那种。"

"我想要的不是谎话,是事实。"

"没错,我告诉你的就是事实。夫人离开英国的那天晚上,有个女人来见过她。你给我看了那些照片,问我能不能从中挑出是哪个。我说了——我一直都这么说——我眼力差,天色又黑。我并没有在近处看到她,即使她现在在我跟前,我也未必能认出。我已经告诉过你四五遍了。"

"而且你甚至不记得她是高是矮,皮肤是黑是白,还有年龄如何。这很难让人相信。"福尼尔尖刻地说。

"那你就别信。这关我什么事?和警察搅在一起就没好事儿。我觉得丢脸!如果夫人不是死在万米高空中的飞机上,你大概会假设我,乔治,把她毒死了。你们警察就是这个样子。"

波洛抢先走到愤怒的福尼尔跟前,轻轻拍了拍他。"来吧,朋友,肚子在抱怨了。去吃一顿简单而令人满意的午餐,这就是我开给你的处方。我建议点蘑菇煎蛋,诺曼底比目鱼——配萨吕港奶酪和几杯红酒。点哪种酒好呢?"

福尼尔看了看表。"没错,都一点了。和这个木头脑袋说话……"他悻悻地瞥了一眼乔治。

波洛友善地对老人一笑。"我能理解。那个女人不高不矮、不太黑也不太白,而且不胖不瘦。但你至少可以告诉我们一件事:她看起来时髦吗?"

"时髦?"乔治惊讶地说。

"我觉得她很时髦,"波洛说,"而且我有一个想法:她穿泳装会很漂亮。"

乔治瞪着他的脸。"泳装?和泳装有什么关系?"

"只是我的一个小小的想法。一个可爱的女人穿上泳装之后会更可爱。你不同意吗?看这个。"

他把一张从画报上撕下的照片递给乔治。有片刻的沉默,老人现出极细微的惊讶表情。

"你同意我的意见,不是吗?"波洛问。

"他们看起来不错,这两个人。"老乔治说着把插画递回去,"这基本上等于什么都没穿。"

"哦,因为如今人们发现晒太阳对健康有好处。我得说这确实大有好处。"

乔治以他嘶哑的声音咯咯笑起来。当波洛和福尼尔走向充满阳光的街道时,他也离开了。

在享用波洛所建议的那一餐时,这个小个子比利时人拿出了那个黑色小笔记本。

福尼尔很兴奋,尽管还对埃莉斯有一点生气。波洛指出了这一点。

"这很自然,非常自然。警察二字对那个阶层的人来说总是很可怕,会让他们卷入自己一无所知的那个世界。这在任何国家都一样。"

"这就是你的优势。"福尼尔说,"私人侦探从证人那里,总能弄到比官方渠道更多的东西。但事情总有两面。我们有官方的记录,有整套运作体系。"

"所以,让我们密切合作吧。"波洛微笑道,"这盘煎蛋真是美味。"

在吃完煎蛋,等待比目鱼上桌时,福尼尔翻着那个黑色的小笔记本,然后往自己的本子上记了一条。他抬起眼睛看着波洛。

"你读过这个了,对吗?"

"没有,我只粗粗看了一眼。我可以看一下吗?"

他从福尼尔手中接过笔记本。

当奶酪上桌时,波洛把本子放下,两个人对视了一眼。

"有那么几条有意义的记录。"福尼尔说。

"五条。"波洛说。

"我同意,五条。"他从笔记本上读出来。

"CL52。英国伯爵夫人。丈夫。

"RT362。医生,哈利街。

"MR24。假古董。

"XVB724。英国人。挪用。

"GF45。企图谋杀。英国人。"

"很好,朋友。"波洛说,"我们想到一块儿了。笔记本里所有的记录中,我觉得只有这五条与飞机上的乘客有联系。让我们一条一条来分析。"

"英国伯爵夫人。丈夫。"福尼尔说,"这可能指的是霍布里夫人。我们知道,她是个赌徒,极有可能向吉塞尔借钱。吉塞尔的客户基本上都是这种类型。'丈夫'这个词可能有两种含义:也许是吉塞尔夫人希望其丈夫为她还债;要么就是她抓住了霍布里夫人的什么把柄,威胁要告诉她丈夫,以此来控制她。"

"完全正确。"波洛说,"二者都有可能,不过我更倾向于第二种,而且我有把握打赌,在吉塞尔出门的头天晚上,去拜访她的就是霍布里夫人。"

"哦,你这么想?"

"是啊,而且我认为你也是这么想的。看门人的表现有一点骑士精神。他坚持说关于那位访客的事儿他什么都不记得了,这很有意义。霍布里夫人非常漂亮迷人。还有,当我将画报上她的泳装照片拿给他时,我观察到他吃了一惊,很细微的一个动作。对,拜访吉塞尔的人就是霍布里夫人。"

"她跟着吉塞尔从皮内到了巴黎,"福尼尔慢慢地说,"看起来她相当绝望。"

"是的,是的,我想的确如此。"

福尼尔好奇地看着他。"但这和你的某个想法不符。"

"我的朋友,就像我告诉你的,我找到了一条正确的线索,但指向了一个错误的人——我非常困惑。线索不会错,只是——"

"你并不打算告诉我?"福尼尔问。

"不,因为我也许犯了错误,彻底的错误。如果是那样的话,我不想让你也误入歧途。还是让我们沿着各自的思路工作吧。我们继续看笔记本上选出来的那几条。"

"RT362。医生。哈利街。"福尼尔读道。

"可能是布莱恩特医生。这没有什么可研究的,但我们不能怠慢这条线索。"

"那当然是杰普警督的工作了。"

"还有我自己。"波洛说,"我对此也有兴趣。"

"MR24。假古董。"福尼尔念道,"很牵强,不过有可能联系到杜邦父子头上。我很难相信这是真的。杜邦先生是世界知名的考古学家,广受赞誉。"

"因此也为造假提供了极大的便利。"波洛说,"想想看,亲爱的福尼尔,那些著名的骗子,在他们被发现之前,是多么赫赫有名,多么广受赞誉,多么品格高尚啊!"

"是啊,太对了。"法国人叹了口气。

"崇高的声誉是一个骗子成功的首要条件。"波洛说,"这是个有趣的想法,但我们还是接着往下看。"

"'XVB724。英国人。挪用。'这个表述太模糊。"

"不怎么有帮助,"波洛表示同意,"谁在挪用?一个律师?一个银行职员?商业公司里任何一个处于受信任位置上的人都有可能,但不太可能是作家、牙医和医生。詹姆斯·赖德先生是唯一的商人,他有可能挪用款项,或向吉塞尔借钱。至于最后一项'GF45。企图谋杀。英国人。',它的适用范围就大多了。作家、牙医、医生、商人、乘务员、理发师助手、具有良好教养的尊贵女士——任何人都可能是GF45。除了杜邦父子之外,因为他们不是英国人。"

他做了个手势,让侍者把账单拿来。

"接下来去哪儿,朋友?"

"去巴黎警察厅。他们可能有什么新消息。"

"好，我和你一起去。之后我有一个小调查要做，也许你能帮助我。"

在警察厅，波洛发现他们的头儿和自己是旧识。几年前因为一个案子，他曾遇到过这位吉勒斯先生。吉勒斯先生非常有礼貌，和蔼可亲。

"很高兴听到你对这个案子感兴趣，波洛先生。"

"我亲爱的吉勒斯先生，这案子竟发生在我的眼皮底下，这是在挑衅，你不这样想吗？发生谋杀案的时候，赫尔克里·波洛居然在睡觉！"

吉勒斯先生轻快地摇摇头。

"那些飞行机器！天气一差，它们就极其不平稳，有一两次我自己也感到特别不适。"

"有人说，军队能否取得胜利，取决于士兵的肠胃。"波洛说，"但消化系统的问题到底在多大程度上影响到大脑精确的运算呢？当我晕船的时候，我，赫尔克里·波洛，一个灰色脑细胞也不会剩下。没有条理，没有方法，比一般人的智力水平还差！很悲惨，但这就是事实！说到这类事情，我的好朋友吉劳德怎么样了？"

吉勒斯忽略了"这类事情"上的重音，回答说吉劳德仍继续着他成功的事业。

"他充满了热情，简直有用不完的精力。"

"他总是那样。"波洛说，"跑来跑去，四肢着地；这儿有他，那儿有他，哪里都有他。他从来没有停下来思考一分钟。"

"啊，波洛先生，这就是你的小缺点。你更喜欢福尼尔那样的人。他是从最新的学校毕业的——学的全是心理学。那些会让你更满意。"

"的确，的确。"

"他对英国人很了解，所以我们派他去克里登协助调查这件案子。一个非常有趣的案子，波洛先生。吉塞尔是巴黎的名流，而她死得这么——古怪！在飞机上，一支吹管射出了一根毒针！你觉得这可能吗，波洛先生？"

"正是。"波洛说，"你正中要害。啊，福尼尔来了，似乎带来了什么新情况。"

福尼尔忧郁的脸此刻看起来颇为兴奋和激动。

"的确有。一位名叫泽罗普洛斯的希腊古董商报告说，三天前他售出了一支吹管和射针。我建议——"他充满敬意地对着上司鞠了一躬，"现在立即约见他。"

"当然。"吉勒斯说，"波洛先生也一起去吗？"

"如果您允许的话。"波洛说，"这非常有趣——真是非常有趣。"

泽罗普洛斯的古玩店位于圣霍诺里街，面向高端的古玩收藏者。这里有不少沙赫尔雷伊的古董，以及其他波斯陶器；有一两件洛雷斯坦的青铜器；不少廉价的印度珠宝；成架的丝绸和刺绣，来自不同的国家；还有大量几乎没什么价值的玻璃珠和廉价埃及货物。在这种店里，你有可能花一百万法郎买了只值五十万法郎的东西，也有可能花十法郎买到五毛钱的东西。光顾它的主要是美国游客，以及一些内行鉴赏家。

泽罗普洛斯先生身材矮胖，眼睛乌黑，说起话来滔滔不绝。先生们是从警察局来的？欢迎欢迎。也许你们愿意进办公室聊聊？对，他是卖过吹管和射针——一种南美的古董。"先生们，你们要理解，我这儿什么东西都卖一点。我是有专门的领域，波斯古玩就是我的专长。杜邦先生——那个大名鼎鼎的杜邦先生，他可以为我作证。他就常来我店里，看看我进了什么新东西，给一些我不太有把握的东西估价。真了不起，那个人！太渊博了！那样的眼力和直觉！我好像跑题了。我有一些收藏，非常值钱的收藏，内行都知道。我也有一些——坦白地说吧,先生们——有不少就是垃圾!外国的垃圾,各种各样的物件,从南太平洋、印度、日本、婆罗州……各地来的垃圾。没有关系!这类物品没有固定的价格,如果有人看上了,我就随便出个价,对方会还价,最后我往往只拿到一半。即使如此,我得承认,这也赚了不少钱。这类东西大都是从海员那儿低价买来的。"

他喘了口气,为自己的口才和重要性而开心,志得意满地继续说下去:"吹管和射针就放在这儿,有两年了。它一直放在这个托盘里,和一串贝壳项链、一个红色的印第安人头饰放在一起。还有一两件粗糙的木雕,一些劣等的珠子。没人注意过它,直到那个美国人进来问我那是什么。"

"一个美国人?"福尼尔敏锐地问。

"对,对,肯定是个美国人。不是那种典型的美国人——我是说,什么都不懂,只想带个纪念品回家的那种。他是那种让埃及的卖珠子小贩发财的人,会买下捷克斯洛伐克造的、样子最匪夷所思的圣甲虫。我很快就引他上了钩,给他讲了一些部落的习俗和他们用的毒药。我向他解释说这是十分稀有的东西。他问多少钱,我给了个价。我报的是所谓的'美国价格',没有原来那么高,因为他们经历了大萧条。我等他讨价还价,可他直接就把钱付了。我真蠢,本来可以再多要一点的。我把吹管和射针包起来,他拿走了。交易完成。但后来我从报上看到了这起可怕的谋杀案,我非常担忧,就联系了警察。"

"我们非常感激您,泽罗普洛斯先生。"福尼尔礼貌地说,"你能描述一下吹管和射针吗?它们现在在伦敦,你知道,不过我们会让你去辨认一下。"

"吹管有这么长,"他在桌上比画了一个距离,"比较粗,和我这支钢笔差不多,是浅色的。有四根射针,是很长的棘刺做的,尖头上染了一点点颜色，另一头缠着红丝带。"

"红色的丝带？"波洛好奇地问。

"是的，先生，鲜红色，不过有一点褪色了。"

"这很奇怪，"福尼尔说，"你确定没有缠着黑黄相间绸带的？"

"黑黄相间？没有。"泽罗普洛斯先生摇着头。

福尼尔看了波洛一眼，后者脸上带着奇特的微笑，他很难理解。是因为泽罗普洛斯先生撒了谎，还是有其他原因？

福尼尔疑虑重重地说："也许这吹管和射针跟本案没什么关系，只是个巧合。无论如何，我希望你详细描绘一下那个美国人。"

泽罗普洛斯先生以东方人的方式摊开手掌。

"就是个美国人而已。鼻音重，不会说法语，嚼着口香糖，戴着玳瑁框的眼镜。他很高，我觉得年龄不太大。"

"肤色深吗？"

"我说不准，他戴了帽子。"

"如果再见到他，你能认出来吗？"

泽罗普洛斯先生看起来很犹豫。

"不好说。有那么多美国人进进出出，他的相貌也没什么特色。"

福尼尔拿出一些照片给他看，结果一无所获，泽罗普洛斯说他一个也不认识。

"很可能又是一次徒劳的追寻。"走出古董店，福尼尔说。

"有可能，"波洛表示同意，"但我不这么认为。他店里价格标签的形状是相同的，而且，我觉得他的故事里有几处有趣的地方。现在，我的朋友，我们再做一次徒劳的追寻怎么样？就当是满足一下我的兴趣。"

"去哪里？"

"卡普辛斯大道。"

"那是——"

"寰宇航空公司售票处。"

"当然。但是我们已经去那里问过了，他们的回答没什么特别的。"

波洛友善地拍拍他的肩。"啊，但是你看，回答怎样，取决于问题是什么。你不知道真正该问什么问题。"

"而你知道？"

"嗯，我有个小小的想法。"

他不肯再多说了，直到他们抵达卡普辛斯大道。

寰宇航空公司的房间不大。一个深肤色、样子精干的男人坐在一张光亮的木桌后面；一个大约十五岁的男孩坐在打字机旁。福尼尔向那个男人出示了证件。这个人叫朱尔斯·佩罗特，他表示会全力配合警方。在波洛的建议下，那个男孩离开了，坐到最远的角落里去。

"我们要谈到一些机密内容。"他这样解释。

朱尔斯·佩罗特看起来很兴奋。"好的，什么事？"

"关于吉塞尔夫人被谋杀的事情。"

"啊，是的，我记得。我已经回答过你们一些问题了。"

"完全正确。不过我们想核对一下细节。吉塞尔夫人是什么时候订机票的？"

"我想我已经说过了，是十七号打电话来预定的。"

"是第二天十二点的飞机？"

"对，先生。"

"可我听她的仆人说，她定的是八点四十五分的飞机。"

"不，不，是这样，夫人的仆人来预定八点四十五分的航班，可已经满员了，我们就给她定了十二点的。"

"哦，我明白了。"

"是这样的，先生。"

"我明白——但这还是很奇怪，非常奇怪。"

这位职员用探询的目光看着他。

"我的一位朋友当时也临时决定去英国，他坐了八点四十五分的航班，飞机上只有一半的乘客。"

佩罗特翻了翻记录本。"可能你的朋友说的不是那一天，而是前一天或后一天——"

"不，就是在谋杀发生的那一天。他说假如错过了早班，他就会坐在普罗米修斯航班上了。"

"啊，这真是非常奇怪。当然，有的时候有些乘客订了票却没有及时赶来，然后，很自然地，就会有空位……有时候订票也会出现错误。我得和布尔歇那边联系一下，他们有时候办事不牢靠——"

波洛温和地注视着佩罗特，直到后者心虚地住口。他双眼不停转动，前额流下了一滴汗。

"两种可能的解释，"波洛说，"但我觉得都不是真相。你不觉得洗清自己更好吗？"

"洗清什么？我不明白。"

"哦，你非常明白。这是一桩谋杀案——谋杀案，佩罗特先生。如果你隐瞒了任何真相，事情可能会对你不利——相当不利。警方的观点总是很严肃的，你是在违反法律。"

佩罗特看着他，嘴巴张开，双手在颤抖。

"说吧，"波洛的声音权威而专横，"他们给了你多少钱？谁给的？"

"我不是有意的……我不知道……我根本没想到……"

"多少钱？谁给的？"

"五……五千法郎，我不认识他……这会毁了我的……"

"不说出真相才会毁了你。说吧，你知道不说的话下场如何。告诉我们究竟发生了什么事。"

汗水从佩罗特的额头流下，他快速地开口说道："我是无心的，我发誓没有恶意。那个人说他第二天要去英国，想找吉塞尔夫人借钱，但又想装成偶然遇到她。他说这样成功的机会更大一点。他说她第二天要去英国，我只要告诉她说早班飞机已经满员了，卖给她普罗米修斯航班上二号座位的机票就行。我发誓，先生，我没觉得这件事非常不妥——毕竟这没什么区别，不是吗？我想美国人就是这样的，做生意从不讲规矩。"

"美国人？"福尼尔立刻问。

"是的，他是个美国人。"

"描述一下他的长相。"

"高个子，有点驼背，灰色头发，戴角质框的眼镜，留着小山羊胡。"

"他自己也订座了吗？"

"订了，吉塞尔夫人旁的一号座位。"

"他叫什么名字？"

"塞拉斯——塞拉斯·哈珀。"

波洛温和地摇了摇头。

"飞机上没有这个人，也没有人坐一号座位。"

"我看了报纸，没看到这个名字。所以我觉得没必要提这件事，既然这个人并没有上飞机——"

福尼尔冷冷地看了他一眼。

"你向警察隐瞒了实情，这是很严重的过失。"

说完他和波洛离开了售票处。被吓坏了的朱尔斯·佩罗特注视着他们离开。来到外面的大街上，福尼尔脱帽鞠了一躬。"我向你致敬，波洛先生。你是怎么想到的？"

"通过两件事。一是今天早晨我听到我们飞机上的一名乘客说，早班飞机空了一半。另一件事是埃莉斯说她去订票时，早班飞机已经满员了。这两件事无法吻合。此外，我记得乘务员说过，他以前在八点四十五分的航班上见过吉塞尔夫人，也就是说她通常会乘坐早一点的那班飞机。

"但是有人更希望她坐上十二点这一班——一个已经定了普罗米修斯航班的人。为什么订票处的职员说早班飞机已经满员了？是一个错误，还是有意撒谎？我认为是后者——我是对的。"

"这个案子每一分钟都变得更复杂。"福尼尔叫道，"首先我们在寻找一位女士，现在又变成了一位男士。这个美国人——"

他停下来，看着波洛。后者点点头。

"是的，我的朋友，"波洛说，"在巴黎假扮成美国人相当容易！浓重的鼻音、嚼着口香糖、山羊胡、角质框眼镜——典型的美国人的舞台形象。"

他从口袋中拿出画报上撕下来的那张照片。

"你在看什么？"

"身着泳装的伯爵夫人。"

"你认为——不，她漂亮、精致、迷人，可不是一个高大的驼背美国人。她是个演员，但也不可能扮演这种角色。不，不可能。"

"我并没有提过这种可能性啊。"波洛说，但仍然继续看着手中的画页。

第十二章 霍布里庄园

霍布里伯爵靠在餐台旁,漫不经心地往盘子里盛了一些腰子。

斯蒂芬·霍布里二十七岁,头型窄,下巴长。他是个运动型的人,头脑不如四肢发达。他心地善良,有那么一点自负;为人忠实,而且相当固执。

他将早餐盘端到桌上开始用餐。翻开桌上的报纸时,他猛地皱起了眉头。他把没吃完的早餐推开,喝了些咖啡,站起身来。他犹豫了一会儿,对自己点点头,走出餐厅,经过宽敞的大厅,上了楼。在一扇门前,他敲了敲,等待回应。里面一个清亮的声音说:"进来!"

霍布里伯爵走了进去。

这是一间朝南的卧室,宽敞华丽。塞西莉·霍布里坐在那张伊丽莎白时期的巨大橡木床上。她看起来十分动人,卷曲的金发垂在粉红色的睡衣上。在她旁边的桌上放着一个早餐盘,里面有喝剩的咖啡和果汁。她正在拆信,她的女仆在房里走动着。

这样迷人的场景会让任何男人呼吸加速,但对霍布里伯爵来说,这个景象已失去了魅力。三年前，塞西莉的美貌使他头晕目眩，深深地坠入爱河。如今一切已经过去——他曾经疯狂，但现在已经理智了。

霍布里夫人有些吃惊。"什么事，斯蒂芬？"

他粗鲁地说："我想和你单独说几句。"

"玛德琳，"霍布里夫人对女仆说，"放下手上的活儿，先出去。"

那个法国女孩嘀咕道："好的，夫人。"她迅速从眼角抛出一道好奇的余光，看了霍布里伯爵一眼，然后离开了房间。

霍布里伯爵等到女仆关上了门，才说："塞西莉，我想知道你究竟为什么要来这里。"

"怎么了，为什么不呢？"

"为什么不？我能想出一大堆理由。"

他的妻子喃喃地说："哦，理由……"

"没错，理由。你应该记得我们已经就我们的关系达成了一致意见，决定不再一起生活了。你会拿到城里的房子，还有赡养费——相当可观的赡养费。遵守条件的话，你完全可以过上自己想要的生活。为什么你突然回来了？"

"我觉得这样更好。"塞西莉又耸耸肩。

"我猜你是指金钱方面？"

霍布里夫人说："老天，我真恨你。你是这世上最无情的男人。"

"无情？你还说无情？正是因为你和你奢侈的生活方式，霍布里庄园才被抵押出去了。"

"霍布里庄园——这就是你关心的一切！骑马、打猎、射击，疲倦的老农民和作物……上帝啊，女人怎么能过这种生活！"

"有些女人会喜欢。"

"没错，维尼蒂娅·克尔那种女人，自己就有一半马的血统。你应该娶个那样的女人。"

霍布里伯爵走到窗边。

"现在说这个太晚了,我娶了你。"

"而你被困住了。"塞西莉的笑容满怀恶意,带着胜利的光辉,"你想摆脱我,但你做不到。"

他说:"我们一定要闹成这样吗?"

"你总是那么迂腐虔诚,不是吗?当我告诉朋友你说的那些话时,他们大部分都笑昏过去了。"

"他们有这么做的自由。我们能回到原来的话题上吗?你回来干什么?"

但他妻子没有接这个话题。她说:"你告诉报社的人你不会为我的债务负责。你觉得这是绅士的行为吗?"

"我很遗憾走到了这一步。我警告过你,你记得的。我为你付了两次钱。事情要有个限度。你热爱赌博——我们到底为什么要讨论这个?但我确实想知道你回霍布里庄园干什么。你恨这个地方,说它无聊得发疯。"

塞西莉的小脸沉了下来。"我现在觉得还是回来更好。"

"现在——更好?"他沉思着重复着她的话,然后提出了一个尖锐的问题,"塞西莉,你从那个老法国人那儿借钱了吗?"

"哪个人?我不知道你说的是谁。"

"你当然知道我说的是谁。我是说那个在巴黎的飞机上被杀的女人——你回家时坐的那趟航班。你从她那儿借钱了吗?"

"没有,当然没有,你怎么会这么想?"

"别装了,塞西莉。假如你从她那儿借了钱,最好告诉我。记住,这事儿还没完,听证会只是说这是一起由不知名的凶手实施的谋杀,两个国家的警察都在调查，迟早会找到真相的。那个女人的生意肯定有记录，如果警察发现你和这件事有牵连，我们最好事先有所准备。我们必须听听福克斯的意见——他们公司已经连续几代人为霍布里家族提供法律服务了。"

"我在法庭时不是已经作证说我不认识那个女人了吗？"

"我不觉得那能起到多大作用。"她丈夫冷淡地说，"如果你确实和这个吉塞尔有过来往，警察是一定会发现的。"

塞西莉生气地从床上坐起来。

"也许你真的认为我杀了她——在那架飞机上，用吹管和毒刺什么的，和疯子一样！"

"整件事情听起来都很疯狂，"斯蒂芬若有所思地点着头，"但我确实希望你认清自己所处的位置。"

"什么位置？根本没有什么位置可言！我说的话你一个字都不信。该死的，你为什么突然对我这么关心？你从来不在乎我身上发生什么事的。你不喜欢我，憎恶我，希望我明天就死掉。这有什么好装的？"

"你的说法有点儿夸张吧？不管你怎么看待我，太老派还是什么，我确实在乎我们家族的名声。你可能觉得已经过时了，但这种东西是存在的。"

他猛然转身，离开了房间。他能感到太阳穴处的脉搏在跳动，许多想法一个个闪过他的脑海。

"不喜欢？憎恶？希望她明天就死掉？上帝啊，的确如此！我会觉得像一个刑满释放的人。生活是一件多么奇特又疯狂的事情啊！当我第一次在《现在就做》里面见到她时，她看上去是个多么可爱的孩子……金发白肤，美丽动人……可恨的小傻瓜！我曾为她疯狂……她似乎是世界上最美好的一切——曾经是那样，可她现在多么庸俗、堕落、满怀恶意、头脑空空……我几乎看不到她身上的可爱之处了。"

他吹了声口哨，一只西班牙猎犬跑过来，用充满崇拜之情的眼睛看着他。

他说："我可爱的老贝琪。"并摸了摸那狗长长的垂耳朵。他想："把女人叫成母狗，真是充满歧视的做法。像你这样的母狗，贝琪，比我遇到的所有女人加在一起都更有价值。"

他戴上一顶老式的钓鱼帽，和狗一起走出了宅子。他毫无目的地乱走，借此逐渐平复心情。他摸着心爱的猎犬的脖子，和马夫说了几句话，然后来到他们家的农场，和农夫的妻子聊了聊。他走在一条狭窄的小路上，贝琪紧跟着他的脚步。这时他遇见了骑着栗色马的维尼蒂娅·克尔。维尼蒂娅骑在马上显得非常漂亮，霍布里伯爵赞赏地看着她，同时感到一丝回家般的安慰。

他说："你好，维尼蒂娅。"

"你好，斯蒂芬。"

"你去哪儿了？跑了'五英亩'？"

"是啊。它表现不错，不是吗？"

"一流的。你看到我在查迪斯利拍卖会上买的那匹两岁的马了吗？"

他们谈论了一阵子马。然后他说："对了，塞西莉回来了。"

"回来了？在霍布里庄园？"

维尼蒂娅通常不会显得惊讶，但她的声音还是泄露了自己的感情。

"是的，昨天晚上回来的。"

他们沉默了片刻。斯蒂芬说："维尼蒂娅，你参加了听证会，它……它怎么样？"

她考虑了一阵。

"嗯，没有人说出什么有价值的话，你明白我的意思。"

"警察没有提供什么线索?"

"没有。"

斯蒂芬说:"对你来说一定是一次不愉快的经验。"

"我不怎么喜欢它,但也不是特别难熬。验尸官人挺不错的。"

斯蒂芬心不在焉地抽打着树篱。

"维尼蒂娅,你知不知道——我是说——嗯,这是谁干的?"

维尼蒂娅慢慢地摇头。"不。"她停了一分钟,试图把自己想说的话组织成适当的句子,最后只是笑了一声,"无论如何,不是塞西莉也不是我。这我很确定,我们一直在注意对方。"

斯蒂芬也笑了。他高兴地说:"那就好。"

他像是在说笑,但维尼蒂娅听出了他语调中放松的情绪。这么说他确实曾经想过——

她让自己不去想这件事。

"维尼蒂娅,"斯蒂芬说,"我认识你已经很久了,不是吗?"

"嗯,我想是的。你记得我们还是孩子的时候,上的那些糟糕的舞蹈课吗?"

"当然了!我觉得我能向你敞开心扉——"

"你当然可以。"她有些犹豫,然后用冷静、务实的语气说,"是关于塞西莉的,对吗?"

"是的。维尼蒂娅,你看,塞西莉和这个吉塞尔夫人有什么瓜葛吗?"

维尼蒂娅慢慢地说:"我不知道,我在法国南部,记得吗?关于皮内地区的八卦,我没怎么听说过。"

"那你怎么想呢?"

"嗯,说实话,如果她们有瓜葛,我不会吃惊的。"

斯蒂芬思索着点点头。维尼蒂娅温和地问:"你为什么要担心?我是说,你们已经处于半分居状态了,不是吗?那是她的事,不是你的。"

"只要她名义上还是我的妻子,这也就是我的事。"

"你们不能——呃,协议离婚吗?"

"大张旗鼓地?我怀疑她是否会接受。"

"如果你有机会,会和她离婚吗?"

"当然会的。"他阴郁地说。

维尼蒂娅沉思着说:"我想她也知道这一点。"

"是的。"

他们沉默了一会儿。维尼蒂娅想:"她就像猫一样!我非常了解她,但她事事小心,非常精明。"她大声说:"那就没有别的办法了吗?"

他摇了摇头,然后说:"假如我离了婚,维尼蒂娅,你愿意嫁给我吗?"

维尼蒂娅盯着自己马的耳朵,回答的时候,声音里剔除了一切感情。"我想我会的。"

斯蒂芬!她一直都爱斯蒂芬,从他们一起上舞蹈课,一起掏鸟窝时候起,就深深爱着他。斯蒂芬也喜欢她,但没有喜欢到对那个合唱团的姑娘免疫。他疯狂地、不顾一切地爱上了那个像猫一样精明的女孩。

斯蒂芬说:"我们在一起可以过得很好。"

他眼前出现了一系列景象:打猎、茶和蛋糕、湿润泥土和树叶的芳香、孩子……所有那些塞西莉无法和他分享的东西,那些塞西莉给不了他的东西。他感到双眼蒙上了一层雾气,然后听到维尼蒂娅用那种平板、毫无感情的声音说:"斯蒂芬,如果你真的这么想,那我们私奔好了。塞西莉会同意离婚的。"

他猛然打断她。"上帝啊,你认为我会让你做这样的事情吗?"

"我不在乎。"

"我在乎。"他斩钉截铁地说。

维尼蒂娅想:"他就是这样。很遗憾,确实很遗憾,他太骄傲,简直不可救药,但他是那么可爱。真希望他一直如此。"

她大声说:"好吧,斯蒂芬,我得走了。"

她用脚跟轻轻踢了一下马。挥手说再见时,她和斯蒂芬的目光交汇了。他们那些谨慎言辞中所没有说出来的深厚感情,在这一瞬间彼此交换。

骑马走了一会儿,维尼蒂娅无意中掉落了马鞭。一个男人走过来,捡起鞭子递给她,深深鞠了一躬。

她感谢了他,想道:"一个外国人。我好像在哪儿见过他。"她在自己法国假日的回忆中搜索着这张面孔,同时心思仍在斯蒂芬身上。

当她回到家里时,突然灵光一闪。

"是飞机上给我让座的那个小个子!他们说他是个侦探。他在这儿干什么?"

第十三章 安托万美发厅

出庭作证后的第二天早上,心绪不宁的简来到了安托万美发厅。

被叫做安托万先生的那位老板,真名其实是安德鲁·利奇。他坚持自己的外国血统,说他母亲是个犹太人。安托万先生向简皱了皱眉,这不是个好兆头。

安托万先生已经形成了一种条件反射,只要一走进布鲁顿大街上的店面,就自动把口音切换为不流利的英语。他斥责了简一通:她为什么要乘飞机旅行?真是个糟糕的主意!她的出格行为会给他的事业带来永久的伤害,等等。简好不容易脱身,格拉蒂丝对着她夸张地挤了挤眼。

格拉蒂丝是位身材纤巧的金发女郎,态度傲慢,声音轻柔缥缈,职业态度十足。私下里,她很爱逗趣,声音沙哑。

"别担心,亲爱的,"她对简说,"那个老混账就喜欢坐在篱笆上,看猫要从哪里跳过去。我相信它们才不会从他看着的地方跳呢。哎哟,亲爱的,我那位老主顾又来了,你看她该死的眼睛。我猜她和平时一样有一肚子的火要发。希望她没有带那条天杀的宠物狗。"

一会儿之后，格拉蒂丝那轻柔、缥缈的声音传了过来。

"早上好，太太。您没带那条可爱的北京哈巴狗来吗？让我们先挑洗发水吧，然后去找亨利先生。"

简刚刚走进相邻的隔间。在那儿，一个红褐色头发的女人正在等待。她一边在镜子里检查自己的脸，一边对朋友说："亲爱的，我的脸今天早上可真吓人，真的……"

她的朋友正无聊地翻阅着三周以前的插画杂志，没什么兴趣地回应道："是吗，宝贝？我觉得和平时看起来一样呀？"

简走进来的时候，那位无聊的朋友放下了杂志，目光锐利地把简上下打量了一番。

"早上好，太太。"简用那种轻盈明亮的职业声线说道。她几乎不用费任何力气就能机械地发出这样的声音。"您好久没来了。我猜您出国旅行了？"

"昂蒂布。"红褐色头发的女人说。此刻她也很感兴趣地盯着简看。

"太好了，"简假装热心地说，"让我们看看，今天是做护发呢，还是染发？"

那个红褐色头发的女人把注意力移开了一阵，弯腰仔细研究她的头发。

"我想我可以再等一周。上帝啊，我看起来真糟糕！"

她的朋友说："亲爱的，一大早你还能指望自己的气色有多好？"

简说："啊，等乔治先生帮你做完，就不一样了。"

"告诉我，"那个女人继续盯着她，"你就是昨天出庭的那个姑娘吗？在飞机上的那个？"

"是的，夫人。"

"太可怕了！跟我说说。"

简尽力表现得让她满意。"夫人，那真的太可怕了，真的——"

她开始讲述，不时停下来回答问题。那个老女人长什么样？听说飞机上有两个法国侦探，整件事情和法国政府的丑闻有关，是这样吗？霍布里夫人也在飞机上？她像别人说的那么漂亮吗？你认为是谁干的？听说政府对整件事情下了封口令？等等，等等。

这下一发不可收拾，所有的顾客都希望让"那个飞机上的姑娘"给他们做头发。每个人出去以后都对朋友说："你知道吗？太不可思议了！给我做头发的女孩就是'那个'女孩……是的，我也推荐你去那儿做头发，他们手艺非常好……她叫简妮①……小个子，大眼睛。如果你善意地询问，她都会告诉你的……"

一周结束的时候，简觉得自己的神经已经绷紧到极限了。有时候她觉得如果再有人问她同样的问题，她会尖叫起来，用吹风机砸向对方。不过最后她找到了缓解压力的更好办法。她去找安托万先生，要求加薪。

"你说什么？真是厚颜无耻，你和谋杀案有牵连，我让你留下来都是我心肠好。换成别人早就把你解雇了！"

"胡说，"简冷静地说，"我是你的财源，你知道这一点。你想让我走，没问题，我这就走，亨利美发厅和梅森商店都等着雇用我呢！"

"谁会知道你跳槽去了那里？你又不是什么重要人物。"

"我在听证会上认识了两个记者。"简说，"其中一个愿意在任何时候为我提供公开的宣传。"

安托万害怕真的会发生这样的事情，只好喃喃抱怨着同意了简的

---

① 简·格雷的全名。简是简妮的昵称。

要求。格拉蒂丝由衷地为朋友鼓起掌来。

"好样的,亲爱的,"她说,"那个犹太佬安德鲁根本比不上你。如果一个姑娘不能维护自己的权益,我们就都完蛋了。你有勇气,亲爱的,我钦佩这一点。"

"我能为自己而战斗,"简的小脸好斗地扬起来,"我这一生都是这样度过的。"

"这是坏运气造成的,"格拉蒂丝说,"但对待犹太佬安德鲁就得这样,他反而会更看重你。在生活中唯唯诺诺行不通——不过我和你都不用担心这个。"

从此以后,简开始日复一日地重复同样的故事,几乎没有变化,就像在戏剧舞台上扮演的角色一样。

和诺曼·盖尔约好吃饭的那天到来了。那是一个美好的夜晚,他们谈得挺投机,发现彼此拥有许多共同的爱好。他们都喜欢狗,不喜欢猫;他们都讨厌牡蛎,喜欢烟熏三文鱼;他们都喜欢葛丽泰·嘉宝,不喜欢凯瑟琳·赫本;他们都不喜欢胖女人,喜欢深黑色的头发;他们都不喜欢染成鲜红色的指甲。他们都不喜欢噪音、太嘈杂的餐馆和黑人;他们都喜欢乘公共汽车,不喜欢地铁。两个陌生人竟能拥有如此多的共同爱好,真是不可思议。

有一天,在美发厅,简打开手提包时,无意中将诺曼·盖尔的一封信落在了地上。她捡起信时有点脸红。格拉蒂丝凑了过来。"你男朋友叫什么名字?"

"我不明白你的意思。"简的脸更红了。

"别逗我了,我知道那肯定不是你妈妈的舅爷爷写来的。我又不是小孩子。他是谁,简?"

"是我在皮内认识的一个……男人。他是个牙科医生。"

"牙科医生？"格拉蒂丝毫不掩饰自己的厌恶，"他的牙一定挺白，笑容完美。"

简被迫承认确实是这样。

"他有小麦色的皮肤，眼睛湛蓝。"

"这年头谁都有小麦色的皮肤，"格拉蒂丝说，"去海滨晒一晒，或者从药剂师那里开一瓶药，只需两秒。'英俊的男人都拥有黧黑的皮肤'什么的。眼睛听起来倒不错。但是——一个牙医！他想吻你的时候准会说：'把嘴再张大一点。'"

"别傻了，格拉蒂丝。"

"你别这么敏感，亲爱的，我看你真的生气了。……是的，亨利先生，我就来！可恶的亨利，以为自己是上帝呢，把我们这些姑娘支使得团团转。"

那封信是邀请简星期六共进晚餐的。周六中午，简拿到了增加的工资，情绪大好。她想："当初从飞机上下来的时候我是多么担心！结果一切都很美好……生活真是太不可思议了！"

在这样的心情下，她决定好好犒劳自己一餐。她决定去转角餐厅，享受一下那里的美食和音乐。

她在一张四人桌旁坐定，那里已经有一位中年妇人和一个年轻人坐着。那位妇人刚刚吃完，正叫侍者拿账单来。她提起一大堆各式购物袋便离开了。

简像往常一样，一边吃饭一边看书。当她停下来翻页时，注意到那个年轻人正盯着她的脸看，同时意识到这个年轻人非常眼熟。

与此同时，年轻人鞠了一躬。

"对不起，小姐，你还认识我吗？"

简更用心地打量他。他看起来男孩气十足，十分吸引人——不是因为相貌英俊，而是因为充满了活力。

"我确实没有做过自我介绍，"年轻人说，"除非你把谋杀案当成介绍人。事实上，我们也一起出席了听证会。"

"当然，"简说，"我真是太笨了！我就觉得自己见过你。你叫——"

"让·杜邦。"年轻人又鞠了一躬，样子迷人，也有点可笑。

简想起了格拉蒂丝说过的话——她表达得相当直率。

"如果有一个人追求你，肯定会有第二个。似乎是某种自然规律。有时候是三个或者四个呢！"

简一直过着简朴的生活，努力工作。就像那些离家出走的女孩的家属常常对警方说的那样——她是个阳光的女孩，没有男朋友。没错，简真的是个阳光的女孩，没有男朋友。结果现在呢，男朋友一个接一个出现了。毫无疑问，让·杜邦隔着桌子探向前的脸上，可不仅仅是出于礼貌才有那样感兴趣的神色。他很高兴能坐在简的对面——事实上，他不仅高兴，简直欣喜若狂。

简感到了一丝疑虑。"他可是法国人，人们说得当心那些法国人。"

"所以说你还在英国？"简暗自骂自己的话太蠢了。

"是的。我父亲去爱丁堡做一个讲座，我们一直住在朋友这儿。不过我们明天就回法国了。"

"我明白了。"

"警察还没有抓到凶手？"让·杜邦问。

"没有。连报上也没有什么新的消息，也许他们已经放弃了。"

让·杜邦摇了摇头。"不，不，他们不会放弃的，他们只是暗地里工作——"他做了个手势，"偷偷摸摸的。"

"别这么说，"简不太舒服地说，"这让我毛骨悚然。"

"是啊，与谋杀擦肩而过的感觉肯定很糟……"他又补充了一句，"我坐得比你更近，非常近。有时候我不想提醒自己这一点……"

"你认为是谁干的？"简问，"我想了好久了。"

让·杜邦耸了耸肩。"反正不是我。她长得太丑了！"

简说："我觉得比起谋杀一个美女，你难道不是更愿意谋杀一个丑陋的女人吗？"

"才不是。如果一个女人长得很美，你会喜欢她；而她对你态度很差，让你嫉妒，让你疯狂——'杀了她吧，'你会想，'杀了她我就会满足。'"

"那么你真的会满足吗？"

"那我就不知道了，小姐，因为我还没试过呢！"他笑起来，然后摇着头，"但像吉塞尔夫人那么丑的人，谁会有工夫去杀她？"

"那只是一种看法。"简说着，皱起了眉，"从某种程度上讲，这太残忍了，那个女人可能也年轻漂亮过的。"

"我明白，我明白，"他一下子显得难过起来，"生活的巨大悲剧之一，就是女人会老去。"

"你似乎对女人的长相十分关心。"

"这很自然。这是最有趣的话题了。你觉得奇怪，只是因为你是英国人。英国人总是先考虑工作，然后是体育和娱乐，最后——终于到了他的妻子。没错，就是这样。想象一下，在叙利亚，一个英国人的妻子病了，但他已经订好了要去伊拉克。你相信吗？他真的会离开妻子，准时赴任。他和他的妻子还都觉得这很正常！他被认为是高尚的，大公无私。但医生觉得他是个混账。他的妻子是人，人才是第一位的，相比之下工作并不重要。"

"我不知道。"简说，"我觉得人应该优先考虑工作。"

"但是为什么?你看,你就持有这种观点。工作是为了挣钱,照顾妻子则会花钱——这样一比较才知道哪一种做法最高尚。"

简大笑起来。

"噢,好吧,"她说,"我想我更愿意被当成一个爱花钱的奢侈品,而不是一份要担负的责任。我希望男人高高兴兴地照顾我,而不是当一份任务来做。"

"没有人会把你当成一份任务的,小姐。"

简因为他的直率而微微脸红了。他继续说下去:"我以前只来过一次英国。在听证会上同时遇到三个年轻迷人的女人,彼此又大不相同,实在是很有趣的经验。"

"你怎么看待我们三个?"简愉快地问。

"霍布里夫人——哈,我很了解那种女人。非常有异国风情,非常、非常会花钱。在赌场的桌子旁边你会看到许多这种女人,柔美的面孔,生硬的腔调。而且你知道——非常确信,再过十五年,她会过着怎样的生活。她活着就是为了引起轰动,为了孤注一掷地赌博,也许还会吸毒……基本上是乏味的。"

"克尔小姐呢?"

"啊,她非常、非常英式。里维拉的店主都敢让她赊账——他们的目光可是非常毒辣的。她的衣服剪裁合身,却像是男人穿的。她走路的样子就像拥有脚下的土地——并不是自负,只不过因为她是个纯正的英国女人而已。她认识来自英国各个角落的人。我在埃及见过一个这样的女人。'什么?某某家也在这儿?是约克郡的某某家吗?哦,是什罗普郡的某某家啊!'"

他的模仿惟妙惟肖。那种拉长的,富有教养的英国腔调让简大笑起来。

"然后是我。"她说。

"然后是你。我对自己说，要是我还能再见到她可就太好了。你看，我现在就坐在你对面，上帝的安排有时候真是绝妙。"

"你是个考古学家，对吗？你挖掘东西？"

让·杜邦讲述了自己的工作，简一直好奇地倾听。最后，她叹了口气。

"你去过那么多地方，见过那么多东西，听起来真是太棒了。我永远没机会去那些地方开开眼界。"

"你想去旅行，看看世界上荒芜的角落？那你可就没地方烫头发了。"

"我的头发天生就是卷的。"

让·杜邦最后有点尴尬地说："小姐，不知您是否介意……就像我刚才说的，我明天就回法国了。今晚我能约你吃饭吗？"

"太对不起了，今晚我已经约了人。"

"哦，对不起。你会再来巴黎吗？"

"还没有这个打算。"

"而我……我不知道什么时候有机会再来伦敦。真遗憾！"

他站起身，握着简的手。"我仍然希望能够再次见到你，非常希望。"听起来他像是真心实意的。

第十四章 玛萨维山

就在简离开安托万美发厅的同时,诺曼·盖尔正以职业的口吻诚心诚意地说:"可能会有点刺激,如果你感觉到疼,就马上告诉我。"

他专业的手上拿着小电钻。

"好了,结束了。罗斯小姐?"

在他身旁的罗斯小姐立刻在一块厚石板上迅速地搅拌一种白色的混合物。诺曼·盖尔随即完成了蛀牙填补,说道:"让我看看……您预约的是下周二来补完其他的?"

他的病人一边忙着漱口,一边冒出一大堆解释——她要出国,太对不起了,只能取消下次预约。是的,她回来之后会通知他的。

说完,她迅速离开了房间。

"好吧,"盖尔说,"今天就这样了。"

罗斯小姐说:"希金森夫人打电话来,说她必须取消下周的预约。她无法确定什么时候再约。还有,布伦特上校周四不能来了。"

诺曼·盖尔点点头,表情僵硬。每天都有病人打来电话,取消他们的预约。有各式各样的借口——出门了，出国了，感冒了，也许短期内不在家……

他们给出什么理由并不重要，诺曼知道真正的原因。刚才拿起电钻时，他从那位病人眼里清楚地看到了瞬间的恐慌，一点儿都不会错。他可以将那个女人脑子里想的事情明白无误地写在纸上：哦，天哪，那个女人被谋杀时他就在飞机上……我担心……确实有过那种案子，人们失去了理智，毫无目的地杀人。这不安全。这个男人说不定是个杀人狂。我总是听说，杀人狂和普通人看起来没什么区别。我一直都觉得他的眼里有某种神色……

"嗯，"盖尔说，"看起来下周我们很清闲，罗斯小姐。"

"是啊，许多人都取消了预约。你可以给自己放个假，这个夏天你工作过度了。"

"不过我不觉得这个秋天我会有那么多工作，不是吗？"

罗斯小姐没有回答。电话铃这时正好响了，让她免于面对这一尴尬时刻。她走出房间去接电话。

诺曼把一些器械丢进消毒柜里，陷入了深思。

让我们来看看现在的处境，不要拐弯抹角。我的职业生涯看起来是要毁了。有趣，简反而因此获利，人们都冲着她去美发厅。想到这个，或许这就是问题所在——人们被迫盯着我看，而他们不乐意！一坐在牙医的椅子上，人们就产生了那种糟糕的无助心理。万一牙医突然失去控制……

谋杀真是件奇怪的事。你认为它是直截了当的，但它并不是。它会引发各种古怪的后果，你想都想不到……还是回到事实上来吧。作为牙医，我算是完了。如果他们逮捕了霍布里夫人会怎样？我的病人会回来吗？很难说。一旦一件东西上有了一个霉点儿，就会蔓延……好吧，那又有什么关系？我不在乎。不，我在乎——因为简。简真可爱，我想娶她，但我还不能——现在还不能。真是令人讨厌……

我觉得都会好起来的……她有同情心……她可以等待。去他的，我要上加拿大去——没错，就这样，在那儿重新发展。

他笑了起来。罗斯小姐回到房间，说："是罗瑞太太，她说她很遗憾——"

"因为她可能会去廷巴克图！"诺曼接口说，"这些老鼠！罗斯小姐，你最好也开始找新的工作了，我这儿看起来是一艘正在下沉的船呢。"

"哦，盖尔先生，我从没想过抛下你……"

"好姑娘。你并不是一只老鼠，但我是认真的。如果没有人把这件事查清楚，我的职业生涯就结束了。"

"总得有人做点儿什么！"精力充沛的罗斯小姐说，"我觉得警察真是太丢人了，他们甚至都没有努力工作。"

诺曼笑了。"我期待他们的努力。"

"总得有人做点儿什么。"

"没错，我都想自己来试试，但我不太清楚应该怎么做。"

"盖尔先生，你应该试试，你那么聪明。"

诺曼·盖尔心想："这个女孩确实很崇拜我。如果我当侦探，她会愿意做我的助手的。但我心中却有一个更好的人选。"

那天晚上与简吃饭的时候，他无意识地试图打起精神，但简太敏锐了，很难被骗到。她注意到了他突然变得注意力不集中的时刻，以及他微微皱起的眉毛和绷紧的嘴部线条。

最后她问:"诺曼,你最近过得不好吗?"

他迅速瞥了她一眼,然后转开眼睛。"也没有那么糟啦,现在不是旺季。"

"别傻了。"简一针见血。

"简!"

"我是认真的。我完全能看出来,你担心得要死。"

"我不担心,我只是觉得苦恼。"

"你是说,人们都害怕——"

"一个谋杀嫌疑人为他们治牙齿?没错。"

"太残忍了,这不公平!"

"确实如此。因为坦率地讲,我是个相当不错的牙医,而且我不是谋杀犯。"

"这太恶劣了。总得有人做点儿什么。"

"我的助手罗斯小姐今天早上也这么说。"

"她是什么样的人?"

"罗斯小姐?"

"对。"

"啊,我不会形容。壮实——骨架大,鼻子像木马一样突出,极为能干。"

"听起来她是个好人。"简和蔼地说。

诺曼认为这是他灵活的交际手腕取得的胜利。实际上,罗斯小姐的骨架并不粗大,而且她还有一头相当漂亮的红头发。但他认为最好不要对简提起后面这一条,事实上他做对了。

"我想做点儿什么。"他说,"如果我是小说里的年轻人,就会找到一条线索，或者跟踪某个人。"

简突然拽了拽他的袖子。"你看，那是克兰西先生，就是那个作家。他一个人坐在靠墙的位置。我们不妨去跟踪他。"

"可是我们要去看舞台剧。"

"别管舞台剧了。我有种感觉，这样做可能是有意义的。你说你想跟踪某个人，那儿就有个人可以让我们跟踪。你永远没法预见到会发生什么事，我们也许能发现点儿什么。"

简的热情极具传染性，诺曼很快就接受了这个建议。

"像你说的，我们永远没法预见到会发生什么事。"他说，"他吃完了没有？我不回头就看不见，我也不想盯着他看。"

"差不多和我们一样。"简说，"我们最好快一点，这样就可以早点儿把账结了，当他离开时立即跟上去。"

他们执行了这一计划。当小个子克兰西先生站起来，走到迪恩街上时，诺曼和简几乎紧跟着他走了出来。

"这是为了防止他乘出租车。"简这样解释。

但克兰西先生没有乘车。他臂弯里挂着外套，一端很不小心地垂到了地上。他漫无目的地在伦敦街头闲逛，行走速度很不稳定。有时候他几乎小跑起来，有时候又几乎停下。有一次，在他过马路的时候突然站住了，一只脚悬在路沿的砖石上方，像慢动作播放的电影。

他行进的方向也很不确定。有一阵子他连续右转弯，结果每条街他都走了两遍。

简觉得兴奋起来。"你看，他害怕被人跟踪！他在试图甩掉我们。"

"你这么想吗？"

"当然，没有人会这么绕着圈子走路的。"

"哦。"

他们快速转了一个弯,差点撞在他们追踪的人身上。克兰西先生正站在一家肉铺前朝里面张望。店是关着的,但二层好像有什么吸引了克兰西先生的注意力。他大声说:"太完美了!就是这样!运气真好啊。"然后他拿出一个小本子,仔细地写下了一些东西。之后,他继续轻快地上路,嘴里哼着一支小曲。

"上面有些什么。"简说,"他太投入了。他在自言自语,而且还不自知。"

当克兰西先生停下等绿灯时,诺曼和简靠近了一些。没错,克兰西先生确实在自言自语,他的脸看上去苍白而紧张。他们听到了零星的几个词。

"她为什么不说?为什么?一定有某种原因……"

绿灯亮了。走到马路另一边,踏上人行道后,克兰西先生说:"我明白了。当然,这就是她为什么被灭口!"

简猛地捏了诺曼一把。

克兰西先生的步伐加快了,外衣无助地拖在地上。他大步走过,完全没注意到两个跟踪者。最后,他令人不安地猛然收住脚步,停在一幢房子门前,拿出钥匙开门进去了。

诺曼和简对视了一下。诺曼说:"这是他家,卡丁顿广场四十七号。他在听证会上说过的地址。"

"哦,好吧,"简说,"也许他还会出来的。不管怎么说,我们确实听到了一些东西。某个人——一个女人——要被灭口,而另一个女人不会说出来。哎呀,这听起来实在像个侦探故事。"

"晚上好。"黑暗中传来一个声音。说话的人向前走了一步,路灯照出一撮绝不会被错认的小胡子。

"一个美好的夜晚,正适合追踪,不是吗?"赫尔克里·波洛说。

第十五章 布鲁姆斯伯里

诺曼·盖尔首先从惊讶中恢复过来。"当然了,是波洛——波洛先生。你还在试图清洗自己的名声吗?"

"啊,你还记得我们的闲聊?你们是在怀疑可怜的克兰西先生吗?"

"你不也是吗?"简尖锐地指出,"不然你怎么会在这里?"

波洛若有所思地看了她一会儿。

"你思考过谋杀这件事吗,小姐?彻底地思考?我是说,从抽象意义上,冷静而不带感情地思考。"

"我直到最近才想过这件事。"

波洛点点头。"是的,你思考它,是因为谋杀案进入了你的私人生活。但对我来说,我处理谋杀案已经有很多年了,我有看待它的一套办法。当你试图去解决谋杀案时,你认为什么是最重要的?"

"找到凶手。"简说。

"维护正义。"诺曼说。

波洛摇摇头。"有更重要的事。正义是个好词,但有时候很难界定它的含义。在我看来,关键是要澄清谁是无辜的。"

"哦,当然了,"简说,"那还用说,如果一个人遭到错误的指控——"

"不仅仅是这样。有时候根本没有指控,但除非找到了凶手,否则和谋杀案相关的所有人都得背负着阴影过日子。"

"简直太正确了!"诺曼·盖尔强调。

简也说:"可不是吗!"

波洛挨个儿看着两个年轻人。"看来你们已经感受到了。"他的语气突然变得轻快,"来吧,既然我们三个的目标是一致的,那我们一起干。我正要去拜访聪明的克兰西先生,我建议小姐跟我一起来,假扮成我的秘书。给,小姐,这是速记本和铅笔。"

"我不会速记。"简倒吸了一口气。

"当然了,但你头脑灵活,聪明伶俐,你可以写一些像模像样的符号,不是吗?很好。至于盖尔先生,我建议一小时之后和我们碰面,就在老爷店的楼上?好,到时候我们再交换意见。"

他走上前去按响了门铃。

简稍微有些迷糊,但还是跟上去,抓紧了笔记本。盖尔张开嘴想说什么,想了想又放弃了。"好的,"他说,"一小时后在老爷店见。"

开门的是个严厉的老妇人,穿着一身黑色衣服。

波洛问:"克兰西先生住这里吗?"

她退后让波洛和简进来。"您的名字?"

"赫尔克里·波洛先生。"

那个严肃的女人领他们上了楼,走进一个房间。

"艾尔·克鲁·普罗特先生。"她这样介绍。

波洛立刻意识到,就像克兰西先生在克里登说过的那样,他不是个整洁的人。这个房间很长,有三个窗户,对面的墙上是乱七八糟的书架。到处都有纸片、装文件的硬纸盒、香蕉、瓶装啤酒、打开的书、沙发靠垫;还有一个长号、一些形状各异的瓷器、蚀刻版画,以及一整套令人困惑的钢笔。

在这一堆混乱的东西中间,克兰西先生正在跟一架相机和一些胶卷斗争着。

"我的天!"克兰西看到访客后说道。他放下相机和胶卷,后者在地板上自己卷成了一团。他走上前来,伸出手。"很高兴见到你。"

"你还记得我吧?"波洛说,"这是我的秘书格雷小姐。"

"你好,格雷小姐,"他握了握她的手,又对波洛说,"我当然记得你,是在——是在哪儿来着?骷髅旗俱乐部吗?"

"是在巴黎来的那架致命的飞机上。"

"啊,当然了!"克兰西先生说,"还有格雷小姐!可我不知道她是你的秘书,我印象中她在什么美发厅工作。"

简焦虑地看着波洛,后者马上来救场。"非常正确。格雷小姐是个极有效率的秘书,有时候,她需要为我做一些特定的工作。"

"哦,对。"克兰西先生说,"我忘了,你是私人侦探——货真价实的侦探,不是苏格兰场的那种。请坐,格雷小姐……不,别坐这儿,椅子上好像有橙汁!我把这堆文件拿开——哎呀,所有东西都乱了。没关系,你坐这边……波洛先生,你坐这儿。是读作波洛吧?那把椅子的背没有折,只不过靠在上面的时候会响……最好还是不要用力去靠了。是的,你是一位私人侦探,和我笔下的威尔布拉汉·赖斯一样。公众很喜欢威尔布拉汉·赖斯,他喜欢咬指甲、吃香蕉。我也不知道为什么要写他喜欢咬指甲——这很恶心,但也没办法了。第一本书里这么写了,以后每一本他都得咬下去。真无聊。香蕉的问题倒不大,你能用它创造一些乐趣——罪犯踩到了香蕉皮上什么的,我本人也吃香蕉,所以才有了这个点子。但我可不咬指甲。要来点儿啤酒吗?"

"谢谢,不用了。"

克兰西先生叹了口气,自己也坐下来,然后急切地盯着波洛。

"我知道你们为什么来这里——一定是因为吉塞尔夫人的谋杀案。我一遍一遍地思考这个案子。不管你怎么看,我觉得它太了不起了。毒针和吹管,在飞机上!像我说过的那样,我写过这样的故事,长篇短篇里都有。这当然是件吓人的事,但我必须承认,我是有些激动的。"

"我能看出来。"波洛说,"对你来说,这件案子非常有吸引力,克兰西先生。"

克兰西微笑起来。"正是如此。你觉得任何人——即使是警察——也能理解这一点,但完全不是这样!嫌疑——这就是我得到的全部东西,不管是警察还是听证会上的法官都怀疑我。我去那里是为了维护公平正义,得到的却只有一群笨蛋对我的怀疑!"

"无论如何,"波洛笑着说,"你并没有受到多大的影响。"

"啊,但是你看,华生,我有自己的方法——请别介意我叫你华生,这没有什么恶意。顺便说一句,我觉得他那位愚蠢的朋友用的方法至今还在流传,实在是件有趣的事。我个人认为歇洛克·福尔摩斯的故事被严重高估了。那些谬论——那些故事里令人无法相信的荒谬论断——我刚才在说什么来着?"

"你说你有自己的方法。"

"啊,没错,"克兰西先生向前探身,"我会把那个警督——他叫什么来着?杰普?——我会把他写进我的下一本书里。你可以看看威尔布拉汉·赖斯会怎么对付他。"

"在不吃香蕉的时候?"

"在不吃香蕉的时候——这话说得好。"克兰西先生咯咯笑起来。

"作为一个作家,你有很大的优势,先生。"波洛说,"你可以用笔来发泄感情,把它们变成文字。对你的敌人,你可以用笔战胜他们。"

克兰西先生在椅子里扭动着。

"你知道,我开始觉得这次谋杀对我来说是件幸运的事了。我正把整件事情写下来——当然是以小说的方式,我会叫它《航空信之谜》。每位现实中的乘客我都会给出一个小说中的替身。它一定会畅销的,如果我能及时写完的话。"

"不会有人指控你诽谤之类的吗?"

克兰西先生高兴地转向她。

"不,不,亲爱的女士。当然啦,如果我要把某位乘客写成凶手,就得为其造成的损失负责。但这本书肯定有卖点——最后一章以一种完全意外的方式揭开真相。"

波洛倾身向前,神态急切。"那么真相是?"

克兰西先生又咯咯笑起来。

"会是独创的,"他说,"独创的,而且耸人听闻。一个女孩打扮成飞行员的样子,从皮内混上了飞机,藏在吉塞尔夫人的座位底下。她带着一小瓶最新的毒气,释放了出来,每个人都昏过去了三分钟。她爬出来,发射了毒针,然后从后门带着降落伞逃走了。"

简和波洛都眨着眼睛。简问:"为什么她自己不会昏过去呢?"

"防毒面具。"克兰西先生说。

"她跳进了英吉利海峡?"

"不一定非得是海峡,我会说是法国海岸。"

"但是,不管怎么说,没有人能藏在座位底下,没有那个空间。"

"在我书里的飞机上会有的。"克兰西先生坚定地说。

"了不起!"波洛说,"那么动机呢?"

"我还没决定。"克兰西沉思着,"也许吉塞尔毁了那个女孩的情人,使他自杀了。"

"她是怎么拿到毒药的呢?"

"这是最妙的部分。"克兰西说,"这个女孩是个耍蛇的人,她从自己最喜欢的大蟒那里提取了毒液。"

"哎呀!"波洛说,"你不觉得这可能有点儿太耸人听闻了吗?"

"小说里没什么是耸人听闻的,"克兰西先生坚持说,"特别是遇到这种南美洲印第安人的箭毒时。我知道其实是蛇毒,但是概念上是一样的,不管怎么说,你不希望侦探小说和现实生活是一样的吧?你看报纸上那些事,太无聊了!"

"别这么说,先生,难道你觉得我们遇上的这件事也很无聊?"

"不,"克兰西先生承认,"有时候我自己都难以相信它真的发生过。"

波洛把他嘎吱作响的椅子朝着屋子的主人又拉近了一些,神秘地放低了声音。

"克兰西先生,你是个有头脑、有想象力的人。正如你说的那样,警察怀疑你,而不是向你寻求建议。但我,赫尔克里·波洛,希望听听你的意见。"

克兰西的脸愉快地红了起来。

"你真是太好了。"

"你研究过犯罪学,你的看法将十分有价值。我非常希望知道你的观点。在你看来,究竟谁是凶手?"

"唔……"克兰西先生几乎是自动拿起一根香蕉吃了起来。随后他脸上的活力消失了，他摇摇头。"你看，波洛先生，这完全是两回事儿。写小说的时候，你可以把任何人设定成凶手，但是在现实生活中，凶手也必须是个现实的人。你没办法掌握实际材料。我恐怕自己还比不上警方的侦探。"

他伤心地摇着头，把香蕉皮丢进了炉栅后面。

"但我们共同探讨一番，一定会十分有趣。"

"那当然。"

"首先，假如大胆推测，你的怀疑对象是谁？"

"嗯……两个法国人当中的一个吧。"

"为什么？"

"她也是法国人，所以这样看起来更有可能，另外，他们的座位就在她对面不远处。不过我实在说不好。"

"这很大程度上取决于动机。"

"当然，当然。我猜你已经很科学地统计了所有的动机？"

"我是个老派的人，遵守古老的准则：寻找能从谋杀中获利的那个人。"

"这很对，"克兰西说，"但在这起案子里有点困难。我听说有个女儿会继承所有财产，但飞机上的许多人也可能因吉塞尔夫人的死而受益。我们知道，吉塞尔夫人是个放贷人，他们可能就此不必还钱了。"

"没错。"波洛说，"我还能想出其他可能性。也许吉塞尔夫人知道一些事，比方说飞机上的某人有谋杀的企图。"

"谋杀的企图？为什么这么说？这是个奇怪的想法。"

"在这种案子里，我们应当考虑任何可能性。"

"啊，但是光考虑是没有用的，我们得确实知道才行。"

"你说得有理。这是很正确的观点。"波洛继续说道，"对不起，但我想问问你那支吹管是从什么地方买的。"

"那该死的吹管！"克兰西先生说，"我真希望自己从没提过它！"

"你说你是在查林十字街上的一家店里买的，你还记得店名吗？"

"唔，可能是阿布索隆，要么是在米切尔和史密斯。我不记得了，不过我已经把这些告诉了那个讨厌的警督，他应该会去查的。"

"哦，我是基于不同的目的问这个的。我也想去买一支这样的东西做个试验。"

"我懂了。但我不觉得你能买到同样的东西，他们不是批量贩售这类东西的，你明白吧。"

"我可以试试看。格雷小姐，请把这两个名字记下来。"

简打开笔记本，迅速地画了一些看起来像模像样的符号。然后她又在纸的另一面用普通的记录方法写下这两个名字，以防万一波洛是说真的。

波洛说："我已经耽搁你太久了，非常感谢你热情的款待，我该告辞了。"

"没什么，没什么。"克兰西说，"你不吃根香蕉吗？"

"你太客气了。"

"别这么说。今晚我觉得很开心。我正在写一个短篇，故事里的罪犯还没取好名字。我希望选一个风趣的名字。运气真好，我在经过一家肉店的时候看到了。帕吉特，正是我希望的那种名字。它听起来很顺耳。过了五分钟我又想出了另一件事。我的故事里一直有个漏洞：为什么那个女孩不说出来呢？那个年轻人想迫使她说出真相，但她说自己的嘴被封上了。整件事里都没有什么真正的原因使她不能开口，但你肯定得想一个不那么愚蠢的理由。不幸的是，每次的理由还不能一样！"

他朝着简温和地一笑。

"这就叫做作家的试炼!"

越过简,他望着后面的书架。"请允许我送你一本书。"他手里拿着一本书回来,"《红色花瓣的线索》,我在克里登提到过,里面写了箭毒和土著人的飞镖。"

"非常感谢。您真是太好了。"

"没什么。"克兰西先生突然对简说,"我看你用的不是皮特曼速记法吧?"

简的脸红了,波洛连忙解围。"格雷小姐非常与时俱进,她用的是一种最新的速记法,捷克人发明的。"

"是吗?捷克真是一个了不起的国家。什么都是从那儿来的——鞋、玻璃、手套,现在还有速记法了。"

他与客人一一握手。"我真希望能够有所帮助。"

波洛和简离开了那个垃圾堆一样的房间,留他一人在里面,面带微笑。

第十六章 计划

从克兰西先生家出来，他们打了一辆车来到老爷店，诺曼·盖尔正在那儿等他们。

波洛要了一些清炖肉汤和裹着肉冻的鸡块。

"情况怎么样？"诺曼问。

"格雷小姐是个一流的秘书。"

"我可不觉得自己表现得很好，"简说，"他从我后边经过时看出了我记的东西不对。你看，他的观察力一定很强。"

"啊，你也注意到了？克兰西先生可不像人们想象的那样漫不经心。"

"你真的想记下那两个地址吗？"简问。

"我觉得可能有用。"

"但如果警方——"

"哈，警方！我不会问警察问的那些问题，尽管我怀疑，警方可能什么问题都还没问过呢。他们已经知道在飞机上发现的吹管是一个美国人在巴黎买的。"

"巴黎？美国人？可是飞机上没有美国人。"

波洛朝她温和地一笑。

"说得对。冒出个美国人只会让事情更复杂。"

"但买它的是个男人？"

波洛用一种奇怪的目光看着他。"是的，是个男人。"

诺曼看起来有些迷惑。

"反正，"简说，"不会是克兰西先生，他已经有了一支吹管，没必要再买一支。"

波洛点点头。"这就是工作的流程：首先怀疑所有的人，然后一一将清白者排除。"

"你排除掉多少人了？"简问。

"没有你想的那么多，小姐。"波洛眨了眨眼，"主要取决于动机。"

"是不是有一些——"诺曼·盖尔停下来，然后抱歉地说，"我不是想探听官方的机密，不过那个女人的生意往来有记录吗？"

波洛摇摇头。"所有的材料都烧毁了。"

"真不幸。"

"确实如此！不过看起来吉塞尔夫人好像把敲诈作为收取欠款的一种手段，这样一来可能性就太多了。举例来说，吉塞尔夫人也许知道一起犯罪事件，一个人企图谋杀另一个人什么的。"

"你有什么理由这样怀疑？"

"有的，"波洛慢慢地说，"在为数不多的几份文字材料中有一份能够提供证据。"他挨个看着面前的两张好奇的面孔，叹了口气，"好了，就是这样。我们还是说说另一件事吧，比如说这起悲剧对你们两个年轻人的生活产生了什么影响。"

"这么说很抱歉,不过我从中得到了不少好处。"简谈到了自己加薪的事情。

"就像你说的,你得到了好处,但恐怕不会持久。要记住,轰动也只能持续九天①。"

简笑了起来。"说得没错。"

"恐怕我这边遇到的事情会持续不止九天呢。"诺曼说。

他解释了自己的处境,波洛充满同情地听着。

"就像你说的,"他沉思着,"可能会持续不止九天、九周,甚至九个月。轰动效应消失得很快,但恐惧是持久的。"

"你觉得我应该坚持下去吗?"

"你有其他计划吗?"

"没错。放弃一切,到加拿大或者其他什么地方重新开始。"诺曼说。

"我觉得这样太可惜了。"简坚定地说。诺曼看着她。

波洛知趣地把注意力转移到盘子里的鸡肉上。

"我不愿意离开英国。"

"假如我找到了杀死吉塞尔夫人的凶手,你就不必离开了。"波洛爽快地说。

"你真有这个把握?"简说。

波洛以一种责备的目光看着她,严肃地说:"只要有条理、有正确的方法,找到答案就不会有困难。"

"哦,我懂了。"简回答,实际上并没有懂。

"如果有人帮助我,我还会更快地解开这个谜。"

---

① 英文中谚语 nine day's wonder(直译为九天的惊奇)用来描述轰动一时、昙花一现的效应。

"谁的帮助?"简问。

波洛沉默了一阵,然后说:"诺曼先生的。之后可能还有你的。"

"我能做什么?"诺曼问。

波洛瞥了他一眼,警告他说:"你不会喜欢我的计划的。"

"什么计划?"年轻人急切地问。

波洛非常优雅地使用了一下牙签,谨慎地照顾了英国人的容忍程度。然后他说:"坦白地讲,我需要一个敲诈犯。"

"敲诈犯?"诺曼大声说,好像不相信自己的耳朵。他盯着波洛,后者点点头。

"完全正确,一个敲诈犯。"

"可是为什么?"

"当然是为了敲诈。"

"我知道,我是说,敲诈谁?为什么要这么做?"

"这么做的理由是我个人的事。"波洛说,"至于敲诈谁——"

他停顿了一下,然后以冷静、专业的口吻说下去。

"我给你讲讲我的计划。你写封信——也就是说,我写封信,你来抄一遍——给霍布里夫人。你要在上面标明是'私人信函'。在信里,你约她见面,说你曾与她同乘一架飞机回英国。同时你要提及一些吉塞尔夫人业务来往的材料已经落入你的手中。"

"然后呢?"

"然后她会同意和你见面。你去见她,对她说一些话——我会指导你。你向她要一万英镑。"

"你疯了。"

"不。"波洛说,"我可能是有些古怪,但绝对不是疯子。"

"假如她报警怎么办?我会进监狱的!"

"她不会去找警察。"

"你怎么知道?"

"实际上我就是知道。我知道所有的事。"

"我不喜欢这个计划。"

"你不会拿到那十万英镑的,如果这能让你的良心好过一些的话。"波洛眨了眨眼。

"是的,但你看,波洛先生,这种疯狂的计划可能会毁了我的余生。"

"好啦,好啦,那位夫人不会报警的,我可以向你保证。"

"她会告诉她丈夫。"

"也不会。"

"我还是不喜欢它。"

"难道你宁愿失去病人,毁掉你的职业生涯?"

"不,但是——"

波洛温和地看着他微笑。"你对这类事情有着天然的反感,这再自然不过了。同时你也有骑士风度。不过我可以向你保证,霍布里夫人不值得你这样——用你们的俗语来说,她可不是什么好货色。"

"不管怎么说,她不会是凶手。"

"为什么?"

"为什么?因为我们会看见她的!我和简就坐在她对面。"

"这是你的先入之见。而我,我要把事情理清楚;我必须确认一些事。"

"我不愿去敲诈一个女人。"

"哦,我的上帝,词汇的力量是多么巨大!不会真的有'敲诈'的,你只需要引发某种效果。一旦你打好基础,我将插手处理。"

诺曼说:"如果你把我送进了监狱——"

"不、不、不,我跟苏格兰场很熟,一旦出了什么问题,我会负责的。除了我说过的那些,不会出现任何问题。"

诺曼叹了口气,让步了。"好吧,我写,但我还是一点儿也不喜欢这个主意。"

"好,就照我说的写。拿着这支铅笔。"波洛一字一句口授完毕,然后说,"好了,之后我会告诉你见了面怎么说。格雷小姐,你去剧院看戏吗?"

"经常去。"简说。

"好。你看过一部叫做《南边》的剧吗?"

"是的,我一个月前看过。相当不错。"

"一出美国戏剧,对吧?"

"是的。"

"你记得那个叫哈利的角色吗?雷蒙德·巴勒克拉夫演的。"

"是的,他演得很好。"

"你觉得他很有吸引力吧?"

"简直有致命的吸引力。"

"啊,是非常性感的那种?"

"完全正确。"简笑起来。

"只是相貌出众,还是说他的演技也很出色?"

"我认为他的演技也不错。"

"我一定要去见见他。"波洛说。

简不解地望着他。真是个奇怪的小老头儿,从一个话题跳到另一个话题,像小鸟从一根树枝跳到另一根树枝上。

波洛好像看出了她的心思,微笑起来。"你不太认同我的方法,小姐？"

"你的思维跳跃得很厉害。"

"并非如此。我的言行有严格的逻辑性，我们不能一下子跳到结论，应当谨慎地排除各种可能。"

"排除？"简问，"这就是你在做的事情？"她想了一会儿，"我懂了，你已经排除克兰西了。"

"也许。"

"你也排除了我们俩。现在你打算排除霍布里夫人？噢！"

简突然产生了一个想法。

"怎么了，小姐？"

"你提到'谋杀企图'的时候，是一个测试吗？"

"你反应很快，小姐。是的，那是我计划中的一部分。当提及'谋杀企图'时，我观察了克兰西先生，观察了你，也观察了诺曼先生，但没有看到任何迹象，你们甚至连眼睛都没有眨一下。在这方面，我是绝不会受骗的。一个谋杀犯可能会对任何预见到的攻击有所准备，但那个小笔记本中的东西，你们任何一个人都不可能听说过。所以，你看，我是满意的。"

"你真是个可怕的人，波洛先生，心机如此深沉。"简说着站了起来，"我永远也猜不出你说话的目的。"

"目的很简单，就是找出真相。"

"我猜你在寻找真相方面有特别的技巧？"

"只有一种办法，非常简单。"

"什么办法？"

"让别人告诉你。"

简大笑起来。"如果他们不愿意说呢？"

"任何人都喜欢谈论自己。"

"我想也是。"简承认。

"庸医就是这样赚到大笔财富的。他鼓励病人进来坐下,告诉他一些事情:他们两岁的时候是如何从摇篮车里摔了出来;他们的妈妈吃梨的时候汁水怎样溅到了她橙色的裙子上;他们一岁半的时候怎样揪父亲的胡子,等等。然后他告诉他们,这样就不会失眠了,并收取两个几尼。而那些病人就此离开,兴高采烈——啊,他们是真的享受这个过程——然后说不定真的就能睡好了。"

"真是不可思议。"简说。

"不,并不像你想的那么荒谬。这一切建立在人类天性的基础上——我们需要诉说,需要表达自己。就拿你自己来说,小姐,难道你不喜欢讲述自己的童年经历,你的爸爸妈妈?"

"我的情况不太一样。我是在孤儿院长大的。"

"啊,那是不同的。那并不快乐。"

"我说的并不是那种慈善机构办的孤儿院,人人都穿深红色的兜帽斗篷什么的。实际上,那里有很多乐趣。"

"是在英国?"

"不,是爱尔兰——都柏林附近。"

"所以你是爱尔兰人。怪不得你有深色头发和蓝灰色眼睛,就像——"

"就像被一只沾灰的手放进去的。"诺曼开玩笑说。

"什么?你说什么?"

"这是人们描述爱尔兰式的眼睛时候常说的——像被沾灰的手放进去的。"

"真的?这可不怎么优雅,不过倒是描述得很形象。"他对着简鞠了一躬,"成果是相当不错的,小姐。"

简笑着站起来。

"你让我得意忘形了。"她说,"好了,波洛先生,感谢你的晚餐。假如诺曼因为敲诈进了监狱,你还得再请我一次。"

听到这句话诺曼皱了皱眉。

波洛向两位年轻人道别。回家之后,他从抽屉里拿出十一位乘客的名单,在四个名字上面轻轻勾了一下,然后点点头。

"我想我已经知道答案了,"他自语道,"但我一定要有把握。"

第十七章 万德沃斯

亨利·米切尔正坐在桌旁,准备吃一份香肠和土豆泥,这时一位访客打断了他的晚餐。

令他有些惊讶的是,这位访客是一位留着小胡子的绅士,曾是那架飞机上的乘客之一。

波洛先生非常有礼貌,和蔼可亲。他坚持让米切尔先生继续吃晚饭,并大力恭维了站在一边、惊讶地张大了嘴的米切尔太太一番。他坐下来,谈到这个季节的气候很温暖,然后逐渐把话题引到自己的来意上。

"恐怕苏格兰场那边并没有多少进展。"他说。

米切尔摇着头。"这件案子太神奇了,先生。我看不出他们有什么线索可以拿来研究。如果飞机上所有的人都说没有看见什么异常的情况,那肯定会非常难办的。"

"你说得很对。"

"这件事弄得亨利心神不宁,"他妻子说,"有时晚上也睡不好。"

乘务员解释道:"我心里老想着这件事,很糟糕。公司对我还是很公正的，一开始我还担心会失业……"

"你不会的，亨利，那样就太不公平了。"

他妻子听起来愤愤不平。她是个身材丰满的深肤色女人，有一双闪闪发光的黑眼睛。

"世界上的事情并不都是公平的，鲁斯。不过还是比我想象的要好一些。他们没有责备我，但是我还是能感觉到。也许你明白我的意思，我是当时负责这件事的人。"

"我理解你的心情，"波洛同情地说，"不过你太敏感了，那并不是你的错。"

"我也是这样对他说的，先生。"米切尔夫人插进来说。

米切尔继续摇头。"我本该尽早发现那位夫人已经死了。如果我第一次去收账单时就试着去叫醒她——"

"那也不会有什么区别。他们认为死亡是瞬时发生的。"

"他总是担心。"米切尔夫人说，"我告诉他别这样。谁知道那些外国人为什么要自相残杀。要是你问我的话，我会说，在英国人的飞机上做这种事太无耻了。"

她以一种爱国的腔调愤愤不平地哼了一声。

米切尔先生带着困惑的神情摇着头。"我能感觉到这件事压在肩上。每次轮到我上飞机工作我就紧张。还有苏格兰场的先生们，一次又一次地问我有没有注意到什么不寻常的情况。这让我觉得自己一定是漏掉了什么，但我没有。这是我经历过的最平静的航程，直到——直到这件事发生。"

"吹管和毒针。要我说，这是异教徒的行为。"米切尔太太说。

"你说得对，"波洛表现出信服的态度，"不像在英国发生的谋杀。"

"是啊，先生。"

"你知道吗,米切尔太太,我几乎可以猜出你是在英国的哪里长大的。"

"多赛特,先生,离布里德波特不远。我家来自那儿。"

"完全正确,"波洛说,"一个非常可爱的地方。"

"没错,伦敦根本比不上多赛特。我的家人在那儿住了超过两百年,我的血管里流淌着多赛特的血液,可以这么说。"

"正是如此。"波洛再次转向那位乘务员,"有件事我想问问你,米切尔。"

米切尔皱紧了眉头。"我知道的已经都说出来了,真的都说了,先生。"

"是的,但我要问的只是一件微不足道的小事。我只想知道,你在收拾吉塞尔夫人的小桌时,是否发现她的餐具被重新摆放过?"

"你是说……当我发现她死了的时候?"

"对。勺子和叉子、盐瓶……任何这一类的东西。"

米切尔摇摇头。"桌上什么都没有,都被收走了——除了咖啡杯。我没有注意到什么。我知道这不应该,但我当时惊惶失措。不过警察会知道的,他们在飞机上反复检查过。"

"啊,好吧,"波洛说,"也没什么。我应该找时间和你的同事戴维斯谈谈。"

"他现在在八点四十五分那班飞机上服务。"

"这件事对他影响大吗?"

"哦,你知道,他是个年轻人。你问我的话,我会说他很享受这一切呢!那很刺激,而且别人会在酒吧里围着他,听他讲事情的经过。"

"他也许有个女朋友?"波洛说,"这件事一定让她兴奋不已。"

"他正在追求约翰逊的女儿,在'羽毛皇冠'工作的那个。"米切尔夫人说,"但她是个敏感的女孩,她可不希望男朋友与谋杀案有任何牵连。"

"非常好的见解。"波洛起身说,"谢谢你,米切尔先生,还有你,米切尔太太。请不要继续把这件事当成负担了。"

波洛离开后,米切尔先生对太太说:"法庭上那些笨蛋认为是他干的,但我觉得他是情报局的人。"

波洛说自己应该找时间和戴维斯谈谈。实际上,离开米切尔家几个小时之后,他便在羽毛皇冠饭店的酒吧找到了戴维斯,并问了他同样的问题。

"桌上的东西没人动过。你是说盘子翻了那一类的事情?"

"我指的是……这么说吧,桌上有没有什么东西丢失了?或者本来不该出现在那里的东西?"

戴维斯慢慢地说:"有一件事。警察检查过飞机之后,我去收拾桌子,注意到一件事。不过我不觉得是你想问的那种事情。死者的碟子里有两支咖啡勺。有时由于我们动作很匆忙,会多拿一支。我注意到这个是因为那句俗语:茶碟里有两支勺子意味着婚礼即将到来。"

"有没有谁的碟子里少了一支勺子?"

"没有,先生,我没注意到。米切尔和我是沿路收回杯子和茶碟的,我说过,有时候我们的动作会比较匆忙。一个星期前有一次,我就多发了一份切鱼用的刀叉。总的来说,多发一份总比少发好,要是发少了,我只能再回去拿。"

波洛又以打趣的口吻问了一个问题:"你觉得法国姑娘怎么样,戴维斯?"

"我觉得英国姑娘已经很好了。"他冲着吧台后面那个丰满的金发女孩微笑了一下。

第十八章 维多利亚女王街

詹姆斯·赖德接到印有赫尔克里·波洛字样的名片时,感到非常意外。他记得这个名字,但想不起他是谁。然后他恍然大悟:"啊,是那个人!"于是他让秘书请波洛进来。

赫尔克里·波洛先生看起来非常轻松愉快。他拿着一根手杖,上衣的扣眼里别着一枝花。

"请原谅我前来打扰你。"波洛说,"我是为吉塞尔夫人的谋杀案而来的。"

"哦?"赖德先生说,"关于谋杀案的什么事?请坐。来支雪茄吗?"

"不了,谢谢,我抽自己的香烟。你也来一根?"

赖德带着疑虑看着波洛的小香烟。

"我还是抽自己的吧,如果你不介意的话。你的香烟太细了,也许我会不小心吞下去的。"他开心地大笑起来。

用打火机点燃香烟后,赖德说:"前几天警督来过了,这些家伙总是探头探脑的,问一些不该问的事情。"

"他们正在收集线索。"波洛温和地说。

"但他们也没有必要如此咄咄逼人，"赖德先生愤怒地说，"人都是有感情的，而且还有生意场上的名声要考虑。"

"也许你有点儿过于敏感了。"

"我的处境很微妙。"赖德先生说，"我就坐在她前面，这大概会让我看起来很可疑。但我又没法挑选自己的座位。如果我知道那个女人会被谋杀，我根本就不会上这架飞机。我不知道……也许我还是会去。"

有一阵子，他看起来在沉思。

"从这件坏事中，你是不是也有一点收获？"波洛微笑着说。

"这是个有趣的说法，也对也不对，看你怎么说了。我是有很多担忧，被人认出来，听到一些含沙射影的话。为什么非得是我呢？我这么想，为什么他们不去怀疑那个哈伯德——不是，布莱恩特医生呢？凡是那些追查不出来的毒药，医生都能拿到。我倒想问问你，我要怎么样才能取得蛇毒！"

"你是说，尽管经历了这些困扰——"

"啊，是的，任何事物都有光明的一面。我并不介意告诉你，我从报纸那儿拿到了一些钱，正好清了之前的一小笔账。写的是目击者的经历——尽管记者的想象多于我实际目击到的东西，但那并不重要。"

"真有趣。"波洛说，"谋杀案影响了许多人的生活。拿你来说，你意外获得一笔收入，而这笔收入正是你目前急需的。"

"钱总是好东西。"赖德先生说着，敏锐地看了波洛一眼。

"有的时候这种需求太急切，于是就有人靠挪用和欺骗来获得——"波洛挥挥手，"于是，一些复杂的事情就出现了。"

"我们还是别老谈事情的阴暗面吧。"

"是啊,为什么要谈阴暗面呢?这笔钱对你太有用了,既然你没能在巴黎筹借到——"

"你怎么知道这件事?"赖德先生生气地问。

波洛微笑道:"反正这是事实。"

"这是事实,但我不希望它传播出去。"

"我保证,我不会评判这件事。"

"这很奇怪,"赖德喃喃地说,"只是一小笔钱,就会让人置身于一个奇怪的位置;拿到一点点钱,就能战胜巨大的危机,而拿不到的话,他的声誉就完了。真奇怪,钱这东西总是这么奇怪。说起来,生活本身就很奇怪!"

"千真万确。"

"对了,你找我到底有什么事?"

"有一点难以启齿。你明白,由于我的职业,我会听到一些消息。我听说你和吉塞尔夫人有过什么交易,尽管你一直否认。"

"谁说的?完全是撒谎。我从未见过那个女人!"

"噢,这可太奇怪了。"

"奇怪?这是诽谤!"

波洛沉思地看着他。"哦,我将就此事进行调查。"

"你这是什么意思?你想说什么?"

波洛摇摇头。"你别激动,这一定是个误会。"

"我想也是,我怎么会和那些上流社会的高利贷者搅在一起?去找那些欠了赌债的贵妇,那才是正确的方向。"

波洛起身说:"对不起,我的消息来源有误。"走到门口时,他停下来说,"对了,我有点好奇,刚才你为什么把布莱恩特医生叫成了哈伯德医生?"

"我怎么会知道。让我想想……啊，我懂了，一定是因为那根长笛。有一首摇篮曲，你知道的，《哈伯德老妈妈的狗》，里面唱的是'当她回来时，他正在吹长笛'。真是奇怪，人会因为这种事情把名字弄混。"

"啊，没错，那支长笛……我对这种事情很感兴趣，你知道，心理层面的。"

赖德先生对"心理"二字嗤之以鼻。对他来说，这个词意味着那些愚蠢的商业心理学分析。他带着怀疑的态度注视着波洛离开。

第十九章 罗宾逊先生的出场和退场

格罗夫纳广场三一五号的公寓里,霍布里伯爵夫人坐在卧室梳妆台边,身边是一大堆精致考究的化妆用品:金色的刷子和瓶子、一罐罐面霜、一盒盒香粉。但坐在这堆奢侈品中间的她,嘴唇干裂,脸上的腮红也显得斑驳。她第四次读出那封信。

霍布里伯爵夫人:

我手中有已故的吉塞尔夫人的一些材料。如果您或者雷蒙德·巴勒克拉夫先生有意,我将非常荣幸与您约定一个时间讨论此事。

或许,您更希望我与您丈夫商讨?

您忠诚的

约翰·罗宾逊

一遍遍地读同样的东西,实在太愚蠢了……就好像这样做能让那些词句改变意思一样。

她拿起信封——是两个信封,第一个上面注明"私人信函",第二个则写着"高度机密"。

高度机密……

野兽……这只野兽……

那个法国老女人发誓说,万一她发生意外,客户的资料会得到妥善的处理。这个骗子!

该死的女人……生活就是地狱……地狱……

"上帝啊,我的神经受不了了,"塞西莉想,"这不公平,不公平……"

她颤抖的手伸向一个金色盖子的小瓶子……

"它会让我平静下来,恢复理性……"

她吸了一口。好了,现在她可以思考了。要怎么办?当然,应该和他见一面。尽管她现在没有钱——也许在卡洛斯街的赌场能够幸运地赚到一把?

但没时间想之后的事情了。先见见这个人,看他到底知道些什么。她走到书桌旁,用潦草的笔迹写了一封回信。

霍布里伯爵夫人感谢约翰·罗宾逊先生的来信,并同意在明天早晨十一点钟和他见面……

"我这样行吗?"诺曼问。在波洛的注视下,他的脸有些红了。

"你说你演过戏,"赫尔克里·波洛说,"说个名字看看。你演的是哪种喜剧?"

诺曼的脸更红了。他喃喃地说："你也建议过我化装一下的。"

波洛叹了口气，把年轻人拉到镜子前。

"看看你自己，"他说，"我只是要求你看看自己！你以为你是谁？逗孩子玩的圣诞老人吗？没错，你的胡子不是白的，是黑色的，专为罪犯的形象而设计的。但那胡子也太假了，是个人就能认出来！我的朋友，这么便宜的假胡子，这么拙劣的粘贴技巧！还有你的眉毛，你怎么傻到想用假眉毛？几码外就能闻到胶水味儿！要是你指望任何人不去注意你黏在牙上的那块塑料，那是不可能的。你要做的不是去演戏！"

"我经常在业余剧院演出。"诺曼固执地说。

"恐怕我无法相信。不管怎么说，我不认为他们会让你负责自己的化妆。就算在舞台灯光下，你的样子也无法令人信服。而在格罗夫纳广场的日光下——"波洛耸了耸肩，结束了这段话，"不，我的朋友，你是敲诈者，不是喜剧演员。我希望你能使夫人产生一种畏惧感，而不是一见到你就大笑起来。看得出来，我伤害了你的感情。很抱歉，但这个时候只有说实话才能产生效果。拿着这个和这个，"他递给诺曼几个罐子，"到洗手间去，把这可笑的装扮洗掉。"

大受打击的诺曼·盖尔服从了。一刻钟之后，他走了出来，脸上放着红光。波洛赞许地点了点头。

"好了，闹剧结束了，现在开始严肃的部分。我允许你贴一小撮髭须，但我会亲自为你贴上。好了，就这样。然后我们把头发换一边梳——就这样。这就够了。现在让我看看你是否熟悉自己的台词。"

他听诺曼·盖尔复述了一遍，然后点点头。"很好。祝你好运。"

"我只能祈祷这样了。恐怕我遇上的会是一个怒气冲冲的丈夫，外加几个警察。"

波洛安慰他："别紧张，心想事成。"

"承你吉言。"诺曼喃喃地说，然后垂头丧气地出发了。

在格罗夫纳广场，诺曼被引进霍布里夫人住所一楼的一间小屋。一两分钟后，霍布里夫人走了出来。诺曼打起了精神。他绝对不能被对方看出来是个新手。

"罗宾逊先生吗？"塞西莉说。

"乐意为您效劳。"诺曼鞠了一躬。他厌烦地想，去他的，自己就像一个售货员。

"我收到了你的信。"

诺曼回过神来，心想："那个老傻瓜认为我不会表演？"他咧嘴一笑，然后高声说："没错。你觉得怎么样，霍布里夫人？"

"我不明白你的意思。"

"得了，我们一定要把话挑明吗？谁都知道在海边度过的时光——嗯，我们就说是度周末吧——有多惬意，可丈夫们很难同意这一点。我相信你知道，霍布里夫人，哪些东西可以作为证据。老吉塞尔是个了不起的女人，总能拿到有用的东西。在饭店里留下的证据啦，诸如此类的，一流的东西。现在的问题是，谁更想拿到这些，是你还是霍布里伯爵？"

霍布里夫人站在那里，微微颤抖。

"我是卖家，"诺曼说，他在罗宾逊先生这个角色里感到越来越自如了，"但你是买家吗？这是我的问题。"

"你是怎么拿到这些——证据的？"

"霍布里夫人，那是另外一件事情。现在我手上有这些东西，那才是最重要的。"

"我不相信你。拿证据给我看。"

"哦，不，"诺曼狡黠地摇着头，"我没有带证据来，只有新手才会那么做。如果你愿意合作，那就是另一回事了。在你付款之前，我会给你看的。一切都公平公开。"

"你……你要多少？"

"一万——英镑，不是美元。"

"这不可能，我拿不到那么多钱。"

"人只要去尝试，总会有办法的。珠宝的光泽也许并不总是那么令人瞩目，但珍珠始终是珍珠。算了，看在你是一个女人的分上，我只收八千，我给你两天时间考虑。"

"我弄不到这么多钱，我告诉过你了。"

诺曼叹了口气，摇头说："也许让霍布里伯爵知道一下还是应该的。我知道一个离婚的女人拿不到什么赡养费，而巴勒克拉夫先生尽管前途无量，但目前并不富有。现在我没什么可说的了，我给你时间考虑清楚。记住，我是认真的。"他停顿一下，又补充道，"和吉塞尔夫人一样认真。"

未等对方开口回答，他连忙走出房间来到街上。

"哦！"他抹了一下额头，"感谢上帝，终于结束了。"

一小时之后，霍布里夫人收到了一张名片。

"赫尔克里·波洛先生。"

她把它丢到一边。"他是谁？我不能见他！"

"夫人，他说自己是雷蒙德·巴勒克拉夫先生派来的。"

"哦，"霍布里夫人说，"好，让他进来。"

管家离开了，很快又带着波洛先生回来。

"这位是赫尔克里·波洛先生。"

波洛打扮得异常整洁精致,走进来鞠了一躬。管家关上了门,塞西莉向前一步。

"是巴勒克拉夫让你来的?"

"夫人,请坐下。"波洛的态度温和,但充满权威。

她忧伤地坐下。波洛拖了一把椅子坐在她旁边,态度像慈父般令人安慰。

"夫人,我希望你能把我看作朋友。我是来为你提建议的。我知道,你目前身处困境。"

她轻声喃喃道:"我不——"

"放心,夫人,我并没有要求你吐露你的秘密,这是没有必要的。我已经知道了。身为一个好侦探,必须知道一切。"

"侦探?"她的眼睛睁大了,"我记起来了,你就在那架飞机上。是你——"

"没错,是我。现在,夫人,让我们来谈谈正事。像我刚才说的,我不会要求你向我吐露秘密,你不用告诉我发生过什么,我会告诉你。今天上午,不到一小时前,有人来拜访你。他是叫布朗吗?"

"罗宾逊。"塞西莉轻声说。

"都一样,布朗、史密斯、罗宾逊——他轮流用这些名字。他来敲诈你,他手上握有你的——怎么说呢,行为轻率的证据,而这些证据之前是落在吉塞尔夫人手上的。他向你要大概七千英镑?"

"八千。"

"那就是八千。而你,夫人,你一时无法筹到这笔钱?"

"我做不到,我就是做不到……我已经负债累累了,我不知道该怎么办……"

"请冷静,夫人,我是来帮助你的。"

她望着他。"你是怎么知道这些的?"

"很简单,因为我是赫尔克里·波洛。不用害怕,交给我来办吧,我知道怎么对付这个罗宾逊。"

塞西莉尖锐地问:"那你又要多少钱呢?"

波洛鞠了一躬。"我只想要一位非常迷人的夫人的一张签名照。"

她大喊:"哦,上帝,我不知道要怎么办……我的神经……我快崩溃了。"

"不,不,一切都在掌握中,相信赫尔克里·波洛吧。只不过,夫人,你需要对我说实话。我要知道整件事的来龙去脉,否则办起事来就会束手束脚。"

"然后你就能帮我摆脱困境?"

"我郑重发誓,这个罗宾逊再也不会出现了。"

她说:"好吧,我都告诉你。"

"很好。你从吉塞尔夫人那里借了钱?"

霍布里夫人点点头。

"什么时候?最早是从什么时候开始的?"

"十八个月前。当时我入不敷出。"

"因为赌债?"

"是的,当时我运气很差。"

"她借给了你需要的数目?"

"一开始并没有。她只借给我一小笔钱。"

"是谁介绍你认识她的?"

"雷蒙德——巴勒克拉夫先生。他听闻她会借钱给上流社会的女士。"

"之后她借给你更多的钱？"

"是的，我要多少她就借多少。当时看起来简直是个奇迹。"

"那是吉塞尔夫人创造的特有奇迹。"波洛冷酷地说，"我猜从那以后你和巴勒克拉夫先生成了，呃，朋友？"

"是的。"

"但你非常害怕你丈夫知道这件事？"

塞西莉生气地说："史蒂芬不是个东西，他受够了我，想和别的女人结婚。他已经打算和我离婚了。"

"但你不想离婚？"

"不。我——"

"你热爱自己的地位，而且你也享受金钱来到你身边的这种简单方式。女性，很自然地要为自己着想。让我们接着说下去——她要求你还钱了吗？"

"是的，而我——我还不上。结果那老妇人就变得可怕起来。她知道我和雷蒙德的关系，知道我们约会的时间和地点。我真不知道她是怎么做到的。"

"她自有一套方法。"波洛不带感情地说，"而且她威胁要将这件事透露给霍布里伯爵？"

"是的，除非我还钱。"

"但你还不上？"

"还不上。"

"那么她的死对你是非常有利了？"

塞西莉真诚地说："这看起来太——太好了。"

"千真万确——太好了，但也让你感到紧张？"

"紧张？"

"不管怎么说,夫人,飞机上只有你一个人希望她死去。"

她猛地吸了口气。"我知道,这很糟糕,我的处境非常特殊。"

"特别是离开巴黎的头一天晚上,你还去找过她,和她吵了一架?"

"那个老魔鬼!她寸步不让。我相信她很享受那种感觉,就像一只野兽。我像垃圾一样被丢了出来。"

"然而,在听证会上你说你从没见过她。"

"我还能说什么呢?"

波洛沉思着,注视着她。

"以你的身份而言,夫人,你什么也没法说。"

"一切都太可怕了,全都是谎言、谎言、谎言!那个恐怖的警督一遍又一遍地来找我,问我问题。不过我感觉自己还是很安全的,我能看出他只是在试探,并没有真的掌握什么东西。"

"人要猜测总是会有理由的。"

"另外,"塞西莉沿着自己的思路说下去,"我总觉得如果事情败露,当时就会败露了。所以我觉得很安全——直到昨天来了那封信。"

"你一直都不害怕吗?"

"我当然害怕!"

"但是害怕的是什么?是秘密曝光,还是被指控谋杀?"

她的脸上失去了血色。

"谋杀——但是我不——你不会相信吧!我没有杀她!我没有!"

"你希望她死去……"

"是的,但我没有杀她。你必须相信我,必须!我坐在座位上,从未挪动过,我——"

她停下来,美丽的蓝眼睛哀求地看着他。赫尔克里·波洛安慰地点点头。

"我相信你,有两个理由:你的性别,还有那只黄蜂。"

"黄蜂?"她盯着他。

"是的。我看出来了,这个词对你没有意义。现在,让我们谈谈眼下的问题。我会处理这个罗宾逊先生的事,你从此再也不会见到或听到这个男人了。我会——那个词是怎么说的?搞掂?搞定?作为回报,我再问你两个小问题。案发前一天,巴勒克拉夫在巴黎吗?"

"在,我们一起吃的饭,不过他说我最好单独去找吉塞尔。"

"啊,他是这么说的?好吧,夫人,还有个问题。你的艺名是塞西莉·布兰德,那是你的真名吗?"

"不,我的真名叫马莎·杰布。但另一个名字——"

"更适合你的职业。那么你的出生地是?"

"唐卡斯特。怎么?"

"请原谅,仅仅是出于好奇。现在,霍布里夫人,你能接受我的一个建议吗?为什么不和伯爵办理正式的离婚呢?"

"让他去娶那个女人?"

"让他去娶那个女人。你有一颗慷慨的心,夫人,同时,你也就安全了。你的丈夫还会支付你一些赡养费用。"

"不会有多少的。"

"没错,但你一获得自由,就可以再去嫁个百万富翁。"

"眼下没什么百万富翁了。"

"别这么说,夫人,以前身家三百万的人,现在也许只剩了两百万,但那也足够了。"

塞西莉笑了起来。"你很会说服别人,波洛先生。你发誓那个人不会再来烦我了?"

"赫尔克里·波洛说话算数。"这位小个子绅士庄重地说。

第二十章 哈利街

杰普警督步伐轻快地来到哈利街,停在一扇门前,询问布莱恩特医生是否住在这儿。

"您预约了吗,先生?"

"没有。我给他写几句话。"

在一张公务卡片上,他写上"如能抽空与我谈几分钟,我将非常感激。不会占用您太多时间。"。他把卡片装进信封里,递给了管家。

他被带到接待室里等候,那儿已经有一男两女。杰普拿了一份旧的漫画杂志,坐了下来。管家再次进来,走过房间,小声对他说:"如果您不介意稍等一会儿的话,医生马上就见您。他今天上午非常忙。"

杰普点点头。他并不介意等待,实际上,他很欢迎这种安排。那两位女士开始聊天,他们对布莱恩特医生的医术赞誉有加。更多的病人进来了。毫无疑问,布莱恩特先生在这一行里相当成功。

"钱一定来得很快,"杰普想,"看起来他不会需要出去借钱。不过,当然了,也有可能是陈年旧债。不管怎么说,他在事业上相当成功,一点点丑闻就会摧毁这一切。医生这一行最大的缺点就是这个。"

一刻钟之后,管家再次出现,说:"医生现在可以见您了,先生。"

杰普被带到医生的问诊室,这个房间位于房子的后部,有一扇巨大的窗户。布莱恩特起身和警督握手。他健康的脸现在看起来有些疲惫,但并没有因为来访者的身份而困扰。

"我能为你做些什么,警督?"他坐回自己的位置,指给杰普一把椅子。

"很抱歉在你的工作时间前来打扰。我不会耽搁太久的,先生。"

"没关系。我猜还是因为飞机上那件事?"

"没错,我们还在调查。"

"有结果吗?"

"没有预想的那么快。我来这里,也是想问你一些和谋杀方法相关的问题,我是指蛇毒。"

"我不是毒理学家,你知道,"布莱恩特微笑道,"这不是我的专长,你应当去找温特斯普。"

"对,但是你看,医生,温特斯普是专家,你也了解专家都是什么样子。他们说的话一般人很难听懂。不过我认为这件事也有和医学相关的一面。我听说蛇毒可以用于治疗癫痫,这是真的吗?"

"在癫痫治疗上我也不是专家,不过我听说注射蛇毒治疗癫痫效果不错。当然了,这确实不是我的研究领域。"

"我知道,我知道,我是觉得,你当时也在航班上,所以对这件事会产生一些个人的兴趣。也许你的想法会对我有所帮助。如果我去找专家,但又不知道具体应该问什么问题,那也没什么用。"

"你说得有道理,警督。谋杀就在眼前发生,大概世界上不会有人不为所动吧。我承认,我很感兴趣。空闲的时候,我就这个案子想过很多次。"

"那么你是怎么想的呢？"

布莱恩特慢慢地摇摇头。"我觉得难以置信。整件事情几乎——几乎不像真的。这种谋杀手法太让人震惊了。凶手只有百分之一的可能性不被人看见，他一定是个无视巨大风险的赌徒。"

"非常正确，先生。"

"选择蛇毒作为行凶的手段也让人震惊。凶手怎么可能拿到这样的东西呢？"

"我知道。这看起来不可思议。我猜一千个人里也不会有一个知道布姆斯兰这种毒蛇，更不要说拿到蛇毒了。拿你来说，先生，你是一位医生，但我想你一定也没有接触过。"

"基本上不会有这样的机会。我的一位朋友在做热带动植物方面的研究，在他的实验室里有一些干燥处理过的蛇毒，比如眼镜蛇毒。我不记得见过什么布姆斯兰蛇毒的样本。"

"也许你能帮助我——"杰普拿出一张纸，递给医生，"温特斯普列出了这三个名字，说我从他们那里可以得到一些信息。你认识他们吗？"

"肯尼迪教授我只是听说过。海德勒和我比较熟，你提我的名字他就会尽力帮忙。卡迈克尔是爱丁堡人，我本人不认识他，但我听说他们做了一些优秀的工作。"

"非常感谢，我不再耽搁你了。"

走到哈利大街上，杰普满意地笑了。"机智，"他对自己说，"全靠机智的手段。我敢打赌，他绝不会知道我此行的真正目的。好啦，这件事告一段落。"

第二十一章 三条线索

杰普回到伦敦警察厅时，听说波洛正在等他。他热情地向这位老朋友致意。

"波洛先生，什么风把你吹来了？有什么新闻吗？"

"我是来问你有什么新闻的。"波洛说。

"这才像你！嗯，我只能说还没有新的进展。巴黎的古玩商认出了他所出售的吹管。福尼尔一直很关心那个心理盲点发生的时间。我不断询问乘务员，问得脸都绿了，他们坚持声称没有那样的时刻，整个旅途中没有任何意外情况发生。"

"也许是当他们都在前舱的时候发生的。"

"我也问过了乘客。总不可能每个人都在撒谎吧。"

"我办过一件案子，确实每个人都撒了谎！"

"你和你那些古怪的案子！说实话，波洛先生，我不怎么开心。我越调查，越查不出什么东西。上司对我的态度很冷淡，但我又能怎么办？还好，这是一桩半涉外的案子。我们可以说是法国人干的；巴黎那边也可以说是英国人干的,不关他们的事。"

"你真认为是法国人干的?"

"坦率地说,不。那两个考古学家不是什么大鱼。成天埋头于地下,说的都是一千年前的事。我倒想知道,他们怎么能肯定自己是正确的呢?谁能否认他们?他们说一串发霉的破珠子有五千三百二十二年的历史,你能说什么呢?他们就是这样的人——可能是骗子,但他们自己相信自己是对的,而且他们是无害的。我这儿前两天来过一个老头,被人偷走了一只圣甲虫,痛苦不堪。可爱的老家伙,和婴儿一样无助。我对你说实话,我不认为是法国考古学家所为。"

"那你怀疑谁呢?"

"嗯,那个克兰西当然是一个选项。他举止奇怪,老是自言自语,脑子里不知道在想什么。"

"也许是下一本书的剧情?"

"也许是,也许不是,但我至今没能给他找到一个合理的动机。我仍然认为小黑本里的CL52是指霍布里夫人,不过我也没能从她那儿得到什么结果。我告诉你,那个女人相当顽强。"

波洛暗自笑了起来。杰普继续说道:"那两个乘务员——我找不出他们和吉塞尔有什么联系。"

"布莱恩特医生呢?"

"我抓到了一点线索。关于他和一位病人之间的关系,有某种流言。漂亮的女人,糟糕的丈夫,吸毒,这一类的事情。如果他不小心一点的话,会被医务委员会的人抓住的。这和小黑本里RT362的记录相符,而且我告诉你,我有一个非常天才的想法,我知道他是从哪里弄来蛇毒的了。我去见了他一次,他把自己给暴露了。不过还是没有证据,在这个案子里,我们好像很不容易拿到任何证据。"

"赖德的表现很坦然。他承认自己去巴黎是为了借款,而且没借到。他给出了一些地址和姓名,我们查过了,没有问题。我发现他的公司在一两周以前已经面临危机,不过他们似乎挺过来了。你看,情况还是不能令人满意。整件案子真是一团糟。"

"没有'一团糟'这种事,只不过是前景不明朗而已。'一团糟'只存在于混乱的思维当中。"

"随便你用什么说法,结果是一样的。福尼尔那边也没有进展。也许你已经全解开了,但你不愿说!"

"你又在拿我开心。我还没有全都解开,我只是一步步前进,讲顺序,讲方法,但前面还有很长的路。"

"听到这个我太高兴了。把你的步骤说出来听听吧。"

波洛微笑着,从口袋里拿出一张纸条。"我做了一个小表格。我的看法是,谋杀是为了达成某种效果。"

"你再说一遍?"

"我并没有用什么艰深的词汇。"

"也许没有,但听起来像是那样。"

"不,不,是非常简单的。假设你需要钱,如果你姨妈死了你就能继承到,好,你行动了——也就是说杀了那个姨妈——就得到了成果,继承了那笔钱。"

"我真希望自己有那样的姨妈。"杰普叹了口气,"说下去,我知道你的意思了,你是说我们要寻找一个动机。"

"我更喜欢我的说法。一个行为被实施了——谋杀的行为——那么造成的后果是什么呢?研究一下它带来的不同结果,我们就找到了难题的答案。一件简单谋杀造成的后果却可能是复杂的,在许多不同的人身上,它产生了不同的特定效果。到今天,这个案子已发生三周了。

我研究了它在十一个人身上造成的结果。"

他摊开纸条。杰普凑了过去,越过他的肩膀读出来。

格雷小姐——暂时乐观,增加了工资。
盖尔先生——不乐观,职业生涯受挫。
霍布里夫人——假如她是 CL52,有利。
克尔小姐——不利。吉塞尔一死,霍布里伯爵将更难找到离婚的理由。

"嗯,"杰普中断了一下,"你认为她想嫁给霍布里伯爵?你对罗曼史的嗅觉很灵。"

波洛笑了,杰普继续读下去。

克兰西先生——有利,可以就此题材写书。
布莱恩特医生——有利,如果他是 RT362。
赖德先生——有利。替记者写有关谋杀的文章而挣到一笔钱,使公司度过了危机。另外如果他是 XVB724 的话,也直接受益。
杜邦先生——没有影响。
让·杜邦先生——没有影响。
米切尔——没有影响。
戴维斯——没有影响。

"你认为这会有所帮助?"杰普怀疑地问,"我不觉得写下一堆'不知道'、'不知道'、'说不准'能对我们有什么好处。"

"这给了我们一个明确的分类,"波洛说,"对克兰西、格雷、赖德还有霍布里夫人这四个人来说，此案有积极的作用，对盖尔和克尔来说有负面的作用；在另外四个人身上几乎没什么影响，而在布莱恩特身上则不确定，或许没有，或许获利。"

"所以呢？"杰普问。

"所以我们需要继续寻找答案。"波洛说。

"还是没有什么进展。"杰普阴沉地说，"实际上，除非巴黎那边有了我们需要的信息，否则我们不可能进展下去。我们要的是吉塞尔的情报。我打赌，比起福尼尔，我能从那个女仆身上问出更多东西。"

"我很怀疑这一点，我的朋友。这个案子里最有趣的一点，就是这个死去的女人的性格。一个没有朋友，没有亲戚，可以说没有任何个人生活的女人；她曾经年轻，曾经拥有爱情，曾经遭遇痛苦，然后以铁腕关上了通向过去的那扇门。一切都结束了，没有照片，没有纪念品，甚至连一件最小的摆设都没有。玛丽·莫里索变成了吉塞尔夫人，一个放贷者。"

"你认为从她的过去能找到线索？"

"也许。"

"那我们就应该试试！现在我们手上仍然没有其他线索。"

"不，我们有的。"

"当然了，我们有那根吹管——"

"不，不，不是那根吹管。"

"那我倒要听听你有什么线索。"

波洛微笑起来。

"我会给它们一一取名，按照克兰西先生小说的那种风格。它们是：黄蜂的线索、乘客行李的线索、多出来的那只咖啡勺的线索。"

"你还真像个孩子。"杰普和善地说，"咖啡勺是怎么回事？"

"吉塞尔夫人的茶碟里有两只勺子。"

"那应该意味着婚礼?"

"在这件案子里,"波洛说,"它意味着葬礼。"

第二十二章 简的新工作

敲诈事件发生后的那天晚上,诺曼·盖尔、简和波洛在一起吃饭。听到自己不必再假扮罗宾逊了,诺曼松了一口气。

"他已经死了,这位罗宾逊先生。"波洛举起酒杯,"让我们为逝者干杯。"

"愿他安息。"诺曼大笑起来。

"发生了什么事?"简问波洛。

"我找到了我想知道的答案。"

"她和吉塞尔夫人有联系?"

"是的。"

"从我和她的谈话时就能明显看出这一点了。"诺曼说。

"很显然,"波洛说,"不过我想知道的是完整的故事。"

"她讲给你听了?"

"是的。"

简和诺曼都以询问的目光看着他,但波洛令人恼火地谈起了完全不相干的事情。他说到了一个人的职业和生活的关系。

"这世界上并不像你们想象的那样,有很多不适应自己工作的人。不管他们自己怎么说,其实他们都遵从了内心的选择。你时常听到有人抱怨'我不想待在办公室里,我想去探险——去那些荒无人烟的地方。'但你会发现,他只是喜欢读那个主题的小说,自己却满足于安稳和舒适的办公室工作。"

"这么说,"简说,"我对旅行的渴望并不真实,我真正的职业就该是和女人们的发型作斗争?我可以肯定这不是真的!"

波洛看着她微笑。"你还年轻,人一生自然会试试这个,试试那个,最终找到自己最想要的那个,安顿下来。"

"假设我最想要的是变成有钱人?"

"哦,那可就更难了。"

"我不同意。"盖尔说,"我成了牙科医生纯属偶然,并不是自己的选择。我叔叔是牙医,他希望我也从事他的职业,我却希望周游世界,四处冒险。我曾一度放弃行医去了南非的一个农场,然而结果并不理想,我在那个行当缺乏经验。最后我不得不遵从了叔叔的意愿,重操旧业。"

"现在你又打算放弃牙医的事业,去加拿大?你一定有着支配自己命运的渴望!"

"这一次我是不得不这么做。"诺曼说。

"啊,生活总是如此频繁地迫使人们去做他们想做的事情。"

"我出门旅行可是出于自愿。"简说,"我倒希望生活迫使我不断旅行。"

"那正好,我现在就向你提出一份工作邀请。我下周去巴黎,你可以当我的秘书,我会付给你优厚的报酬。"

简摇摇头。"可我不能辞掉安托万美发厅的工作,那可是一份好差事。"

"我提供的也是一份好差事。"

"对,不过那只是暂时的。"

"我保证再给你找一份同样好的工作。"

"谢谢,可我现在不太想冒险。"

波洛看着她,露出了谜一般的微笑。

三天之后,简打电话给波洛,问道:"波洛先生,那份工作我还可以做吗?"

"可以啊,我周一才去巴黎。"

"你是认真的?我能来吗?"

"当然。怎么,你改变主意了?"

"我和安托万大闹了一场。我对一位顾客发了脾气,她是——是个彻头彻尾的——我在电话里没法形容她。总之,我被她惹毛了,没有像往常一样甜言蜜语地安慰她,而是一五一十地说出了我的看法。"

"啊,你对广阔世界和冒险生活的看法。"

"你说什么?"

"我说你的脑子里想着别的事情。"

"不是我的脑子,是我的嘴一不小心没把严实。我挺享受那一刻的,她看着我的样子和她那条混账小京巴儿一个样,好像眼珠子都要掉出来了。不过,我就被揪着耳朵扔出来了,你可以这么说。我大概需要另找一份工作,不过我想先去一趟巴黎。"

"好,就这么定了。在路上我会告诉你该怎么做。"

波洛和他的新任秘书没有乘飞机,简对此暗自感激。上次飞机上的遭遇她至今难以从记忆中抹去,她不愿再想起那个靠在座位上的身影。从加来到巴黎的车上,整个包厢里只有他们两个人。波洛向简谈起了自己的打算。

"到巴黎后我要去见几个人,有律师梅特·蒂博,巴黎警察厅的福尼尔——一个总是不开心的男人,还有杜邦父子。当我和老杜邦先生谈话时,小杜邦就交给你负责。你这么有魅力,他应该还记得你。"

"其实我和他见过面了。"简说道,脸红了。

"真的?什么时候?"

简的脸更红了,她向波洛描述了他们在转角餐厅的邂逅。

"太好了,这样更好了,带你去巴黎真是个绝妙的主意!现在听好了,小姐,我们这次去巴黎,你不得与任何人谈论吉塞尔夫人的事情,但和小杜邦谈话时除外。你不需要说出来,但可以暗示说霍布里夫人是嫌疑犯。你可以说,我去找福尼尔也正是想确认一下霍布里夫人是否与吉塞尔夫人有关联。"

"可怜的霍布里夫人,你拿她当挡箭牌了。"

"她不是我欣赏的那种类型,所以我也让她至少发挥一次作用吧。"

简迟疑了一会儿,问:"你不怀疑是小杜邦干的?"

"不,不,我只是想收集情报。"波洛敏锐地看着简,"你似乎觉得他很有吸引力,很性感?"

简因为他的用词而大笑起来。"不,我不会这样描述他。他的思维简单,不过挺可爱。"

"所以你对他的印象就是——简单?"

"他是很简单。我想那是因为他一直生活在一个不怎么现实的世界里。"

"没错,"波洛说,"他不会——比方说,他不会看牙,也不会因为某个名人坐在治疗椅上瑟瑟发抖的样子而感到失望。"

简笑了。"我不认为诺曼的病人中有过什么名人。"

"他想去加拿大,这对他的才华来说是一种浪费。"

"他现在又在考虑新西兰了。他认为我会更喜欢那里的气候。"

"他还是很爱国的,总是选择英联邦国家。"

"我希望他不用这么做。"简说着,注视着波洛。

"也就是说你信任波洛老爹的能力?嗯,我将竭尽全力,我可以向你保证。不过我有一种非常强烈的感觉,小姐,这个案子里还有什么东西没有来到聚光灯下,还有一个角色没有登场——"

他摇摇头,皱起了眉。"这个案子里还有未知的因素,小姐。目前所有的事实都指向这一点……"

到达巴黎两天后,波洛和他的秘书邀请杜邦父子来到一家僻静的小餐馆就餐。

简觉得老杜邦和他儿子一样迷人,不过她没什么机会和他交谈。从一开始,波洛就霸占了和他交谈的所有机会。至于小杜邦,他和在伦敦时一样随和。那吸引人的、男孩子气的性格依旧让她愉悦。他可真是个单纯而友好的人。

她一边谈笑,一边偷听邻座两位年长者的谈话。她怀疑波洛究竟想问出些什么,因为到目前为止,他们只字未提谋杀案的事。波洛把话题引到了历史上,他对波斯考古方面的兴趣听起来非常认真而且深入。杜邦先生度过了愉快的一晚,他很少遇到这样聪明而体贴的听众。

最终不知是谁建议让两位年轻人去看电影。他们走后,波洛把自己的椅子拉得更近一些,打算继续谈自己对考古研究的兴趣。

"我理解,"他说,"如今经济不景气,筹资并不是一件容易的事情。你接受私人捐助吗？"

杜邦先生笑了。

"哦，我的朋友，我们几乎是跪着向别人请求资助。但我们这种类型的挖掘很难引起公众的兴趣。他们想看到的是华丽的成果！他们最喜欢的是金子——大量金子。几乎没什么人会关心陶器。人类的整个传奇都能用陶器表现出来，它们的花纹，造型——"

杜邦先生跑题了。他恳请波洛不要被某 B 先生似是而非的论文，某 L 先生严重误导的论文，某 G 先生完全没有科学性的论文引入歧途。波洛严肃地保证不会因为这些知名人士的文章而产生误解。然后他问道："如果有一笔捐助，比方说，五百镑——"

杜邦先生惊讶得几乎掉下椅子。"你——你想捐助？给我？这可太了不起了，这是空前的！我们从未接受过这么大的一笔捐助。"

波洛干咳了一下。"我得承认，我有一点私心——"

"啊，我懂，你想要一份纪念品，一个特殊的陶制品——"

"不，不，你误解了。"波洛迅速插嘴，以防杜邦先生的话题跑得更远，"是关于我的秘书，也就是你刚才看见的那个可爱的姑娘。她能与你们一同去探险吗？"

杜邦先生有些犹豫。

"呃，"他摸了摸胡子，"我可以做一些安排。我得问我儿子。我外甥和他的妻子和我们一起去，本来我们是打算只带家庭成员的。我得问问儿子——"

"格雷小姐对古陶器情有独钟，历史对她特别有吸引力，她一直梦想着有一天能挖到些古物。并且，她的针线活儿做得很好。"

"这是一项有用的技能。"

"可不是吗？你刚才跟我说苏萨的陶器——"

杜邦先生愉快地开始讲述他自己对苏萨一期和苏萨二期的学术理论。

当波洛回到酒店时，正看见简与小杜邦在大厅道别。和简一同乘电梯上楼时，波洛说："我已经给你找到了一份好差事。春天你将和杜邦父子一道去波斯。"

简瞪着他。"你疯了吗？"

"他们邀请你的时候，你要兴高采烈地表示愿意加入。"

"我肯定不会去波斯。我会和诺曼一起住在玛萨维山，或者去新西兰。"

波洛和蔼地向她挤了挤眼睛。"我的孩子，到明年三月还有好几个月呢。给他们一个愉快的微笑，并不意味着事情敲定了。正如我和老杜邦谈及捐助之事，并不意味着我就要签支票！顺便说一句，我明天早晨必须给你拿一本近东地区史前陶器的资料看看，我告诉他们说你对这个十分感兴趣。"

简叹了口气。"给你当秘书可不是个闲职。还有什么其他的吗？"

"是的，我还告诉他们你很擅长缝纽扣、补袜子。"

"我明天不需要给他们展示这个吧？"

"很难讲，"波洛说，"如果他们把我说的都当真了的话。"

第二十三章 安妮·莫里索

翌日十点半,神情忧虑的福尼尔来到波洛的客厅。他比往日显得更有生气一些,热情地和小个子的比利时人握了握手。

"先生,有些事我想告诉你。关于你在伦敦说的找到那根吹管的事,我想我已经搞明白了。"

"哦!"波洛的脸色亮了起来。

"是的,"福尼尔坐下来,"你那天说的话让我想了又想。我一遍遍地对自己说:这起案子不可能是按照我们想象的那样发生的。最后,我终于看到了这句话和你说过的关于吹管的事之间的联系。"

波洛专心听着,什么都没说。

"在伦敦那天,你说:'为什么我们能找到这根吹管?凶手本来很容易就可以把它塞出通风口。'我认为我找到了答案:吹管在那里,就是为了让我们找到的。"

"太好了!"波洛说。

"你就是这个意思,对吗?很好,这也是我的想法。我进一步问自己：凶手为什么想让我们找到吹管？我的答案是：吹管根本就没有使用过。"

"太好了，太好了！这也是我的推理。"

"我对自己说：凶器是毒针，没错，但并没有用到吹管。所以凶手一定用了其他什么东西来发射毒针——某种普通的东西，男人和女人可以把它举到唇边，而不会让人觉得异常。我记得你坚持要一份乘客所有物品的清单，有两件东西吸引了我的注意力——霍布里夫人有两只烟嘴；杜邦父子的桌上有几根库尔德人的笛子。"

福尼尔停了下来，看着波洛。波洛没有说话。

"这一类东西你可以自然地拿到嘴边，别人不会在意的。我说得对吗？"

波洛犹豫了一会儿，然后说："你的思路是对的，但走得有点儿太远了。别忘了那只黄蜂。"

"黄蜂？"福尼尔瞪大眼睛，"我不明白你的意思。黄蜂和这件事有什么关系？"

"你看不出来？但正是黄蜂的事情让我——"

这时电话响了，波洛拿过话筒。

"你好。早上好。对，是我，赫尔克里·波洛……"他转向福尼尔，说，"是蒂博。"他接着说，"是的，很好，你呢？……福尼尔先生……对……对，他刚到。"他扭头低声对福尼尔说，"他去巴黎警察厅找你，那边告诉他说你在我这儿。你最好来接一下电话，他听上去很激动。"

福尼尔接过电话："喂，你好。我是福尼尔……什么？……什么？千真万确？好，是啊，好，我相信他会的。我们马上就来。"他放下话筒，面对波洛，"是那个女儿，吉塞尔的女儿。"

"什么？"

"是的，她来要求遗产。"

"她从哪儿来？"

"大概是美国。蒂博让她十一点半再来，还让我们立即去见他。"

"我们马上就去。我给格雷小姐留个字条。"

他写道：

  案情有了意外进展，我必须出去一下。如果让·杜邦打电话来，对他和蔼可亲一些。谈谈纽扣和袜子，别谈史前陶器。他虽然喜欢你，但他也是很聪明的。

波洛

"现在咱们走吧。"他站起身，"这就是我一直等待的——我一直怀疑事件里还有一个人没有出现，现在，我很快就会有答案了。"

梅特·蒂博亲切地接待了他们。寒暄之后，他转入了正题。

"我昨天收到一封信，"他说，"今天早上，这位小姐自己来拜访我了。"

"莫里索小姐今年多大？"

"莫里索小姐——现在是理查兹夫人了，因为她已经结婚。她今年正好二十四岁。"

"她带了身份证明文件吗？"

"当然，当然。"他打开旁边桌上的一份文件，"首先是这个。"

那是一份单身男子乔治·莱曼和玛丽·莫里索的结婚证书，两人都是魁北克人，时间为一九一〇年，还有安妮·莫里索·莱曼的出生证明，以及其他相关材料。

"这让我了解了吉塞尔夫人早年的生活。"福尼尔说。

蒂博点点头。"据我看，莫里索认识莱曼时，她是幼儿园的教师，或者缝补衣物的保姆。她丈夫不是什么好人，结婚后不久就遗弃了她，她又恢复了自己婚前的姓名。孩子被送到魁北克玛丽孤儿院。玛丽·莫里索或玛丽·莱曼很快离开了魁北克——我猜是和一个男人一起——去了法国。她不时给那个孩子寄钱，最后，当那个孩子二十一岁时，她送去了一大笔钱。在此期间，玛丽·莫里索，或者说莱曼夫人一直从事不怎么正规的职业，所以尽量避免和孩子产生私人联系。"

"那姑娘是怎么知道自己是继承人的？"

"我们在一些刊物上登了广告。玛丽孤儿院院长有一天发现了其中的一则。她写信，或是拍了份电报给理查兹夫人，她当时在欧洲，正准备返回美国。"

"谁是理查兹？"

"我想他是个美国人或是加拿大人，来自底特律，职业是手术器械制造商。"

"他没有和妻子一块儿去欧洲？"

"没有，他还在美国。"

"关于她母亲之死，理查兹夫人有没有提供有价值的情况？"

律师摇摇头。"她对母亲一无所知，假如不是院长提起，她几乎都忘记了自己母亲的婚前姓名。"

福尼尔说："看来她的出现对我们并没有多大的帮助。倒不是说我期望会有。我的调查显示了另一个方向，依据我的推断，嫌疑犯应该在三个人中间。"

"四个。"波洛说。

"四个?"

"不是我说四个,而是依据你的思路,应该是四个。"他迅速做了个手势,"两只烟嘴,库尔德的竹管,还有一支长笛。别忘了长笛,我的朋友。"

福尼尔惊叹了一声。这时门开了,一位年长的职员说:"那位女士回来了。"

"啊,"蒂博说,"现在你们可以亲眼看看这位继承人。请进吧,夫人。我来介绍一下。巴黎警察厅的福尼尔先生,他负责你母亲的死亡调查;著名私人侦探赫尔克里·波洛先生,你也许听过这个名字。在这个案子里,他非常好心地提供了不少帮助。各位,这是理查兹夫人。"

吉塞尔夫人的女儿一身黑衣,打扮别致。尽管衣服很普通,她看起来却非常时尚。她伸出手和大家一一握手,说了几句感激的话。

"先生们,我恐怕自己很难表现得像一个失去母亲的女儿应有的样子。我的一生中一直认为自己是个孤儿。"

回答福尼尔的问题时,她满怀感激地提起了梅瑞·安吉里卡,也就是玛丽孤儿院的院长。

"她一直对我特别好。"

"你是什么时候离开孤儿院的?"

"十八岁,先生。我开始自食其力。我做过美甲师,也在一家制衣工厂干过。我在尼斯遇上了我丈夫,他当时正要回美国。后来他又出差到荷兰,我们一个月前在鹿特丹结了婚。可他必须回加拿大。我一个人待在这里,现在打算去和他团聚。"安妮·莫里索的法语讲得很流利。她显然更像法国人,而不是英国人。

"你怎么得知这个不幸消息的?"

"我从报上看到的。当时我不知道——没有意识到——那位受害者就是我母亲。我在巴黎时,梅瑞·安吉里卡给我拍了份电报,给了我地址,让我来找梅特·蒂博先生。"

福尼尔若有所思地点点头。他们又交谈了一阵,但她的话看来并没有什么价值。她对母亲的生活和生意往来一无所知。理查兹夫人留下自己所住饭店的地址后,波洛和福尼尔就送她离去了。

"你有点失望,我的朋友,"福尼尔说,"你对这个女孩有过其他想法?你怀疑她是骗子?还是说,你仍旧怀疑她是冒名顶替的?"

波洛不赞同地摇着头。"不,我不怀疑她冒名顶替。她的证明材料都是货真价实的。奇怪的是,我觉得在什么地方见过她,或者说她让我想起了什么人。"

"和死者长得相像?"福尼尔怀疑地说,"显然不是。"

"不,不是。我希望我能想起来。我敢肯定是她的脸让我想起了一个人。"

福尼尔好奇地看着他。

"显然,"波洛挑起眉毛,"这姑娘是吉塞尔夫人谋杀案中最大的受益者。"

"但这又对我们有什么帮助呢?"

有一两分钟,波洛没有回答,他的思路跑远了。最后,他说:"我的朋友,这个姑娘继承了一大笔钱,我当然从一开始就会怀疑她和本案有牵连。飞机上有三个女人。其中一个,维尼蒂娅·克尔小姐出身名门。另外两个呢?自从吉塞尔的仆人埃莉斯谈到那孩子的父亲是个英国人,我就怀疑那两个女人中的一个也许就是吉塞尔的女儿。她们的年龄都很合适。霍布里夫人曾是合唱团的演员,她的家庭出身不太清楚，用的也是艺名。而格雷小姐曾告诉我，她是在孤儿院长大的。"

"啊哈！"法国人说，"这就是你的思路？我们的朋友杰普一定会说你想多了。"

"他确实总说我喜欢把事情弄得更复杂。"

"你看！"

"但这并不是真的，我用的总是最简单的办法！而且我从不拒绝接受事实。"

"但你失望了？你本来希望从安妮·莫里索身上得到更多东西？"

他们一同来到波洛下榻的饭店。前台桌子上放着的一件东西提醒了福尼尔，他向波洛表示感谢。

"我还没谢谢你呢，"他说，"你让我注意到了正确的东西。我想到了霍布里夫人的两支烟嘴和杜邦父子的库尔德笛子，但我竟然忽略了布莱恩特医生的长笛，这真是不可原谅。倒不是说我真的怀疑他——"

"你不怀疑他？"

"不，他看起来并不像那种——"

他停了下来。前台桌前站着的那根男人转过身来，手里正提着一个长笛盒子。他看到了波洛，一下子认了出来。

"布莱恩特医生。"波洛鞠了一躬。

"波洛先生。"

他们握了握手。站在布莱恩特附近的一个女人迅速朝电梯走去，波洛仅仅瞥到了一眼。

"医生，你的病人暂时得不到你的照料了吗？"

布莱恩特医生笑了，那忧伤的笑容让后者印象深刻。他看起来很疲倦，但是神情平和安宁。

"我现在没有病人了。"他说，走向小桌，"来一小杯雪莉酒吗，波洛先生?还是别的?"

"非常感谢。"

他们坐下来,医生点了单,然后慢慢地说:"我现在没有病人,我退休了。"

"突然决定的?"

"也不算突然。"

饮料端来了,他沉默了一阵,然后举起杯子说:"这是个必要的决定。我宁愿遵从自己的意愿辞职,赶在医师公会找上我之前。"他的声音变得温柔而遥远,"每个人的一生都有转折点,波洛先生。我们都会面临一个十字路口,需要做出选择。我非常喜爱自己的职业,放弃它将是遗憾的——非常遗憾。但还有其他值得追求的东西,波洛先生,我需要的是作为一个人所能感受到的幸福。"

波洛没有说话,静静等待着。

医生继续说:"有一位女士——我的一个病人——我深深爱上了他。她丈夫给她带来了无尽的痛苦。他吸毒。如果你是医生,你也会很了解那意味着什么。她自己没有钱,所以不能离开他。我犹豫了很长一段时间,但终于下定了决心。我们打算去肯尼亚开始新的生活。我希望她能感受到一点点幸福,她已经受了太多的苦……"

他又沉默了,最后用一种轻快的语气说:"波洛先生,我对你说这些,是因为这件事迟早会被公开,你越早知道越好。"

"我理解你。"波洛说。过了一分钟他又问:"我看见你还带着长笛?"

布莱恩特医生笑了。"长笛是我最老的朋友……就算失去一切,我还有音乐。"

他爱惜地摸了摸长笛,鞠了一躬,站起身来。

波洛也站起来。"我对你的未来致以最诚挚的祝福,医生,还有那位夫人。"

当福尼尔走过来找他时,波洛正在服务台打一个到魁北克的长途电话。

第二十四章 一片碎指甲

"怎么了?"福尼尔问,"你还在想着那个继承遗产的姑娘?你肯定是在核查这件事。"

"没有,没有,"波洛说,"但万事都要讲究顺序和方法。我必须完成一件事,才能开始下一件。"

他环顾四周。"简·格雷小姐在那儿。你可以先请她吃饭,我随后就来找你们。"

福尼尔勉强同意了,他和简走进餐厅。

简好奇地问:"她长什么样?"

"略高于中等身材,皮肤黑,不太光滑,尖下巴——"

"你的话跟护照上的相貌描述一样。"简说,"我护照上写的那些,简直就是在侮辱人,不是'普通'就是'中等'。鼻子:中等大小;嘴:普通(我倒想知道你能怎么描述一张嘴);额头:普通;下巴:普通。"

"但是眼睛不普通。"福尼尔说。

"它们只不过是灰色的,也不是什么让人激动的颜色。"

"谁告诉你说不是的?"法国人倾身向前。

简大笑起来。"你对英语的运用真是娴熟。跟我再说说安妮·莫里索。她漂亮吗?"

"她现在不是安妮·莫里索,"福尼尔说,"是安妮·理查兹夫人。她结婚了。"

"她丈夫也来了吗?"

"没有。"

"为什么没有?"

"他在加拿大或是美国。"

他解释了一下安妮的生活状况。当他快说完的时候,波洛正好回来,加入了他们的讨论。他看起来有点沮丧。

"怎么了?"福尼尔问。

"我刚才和玛丽孤儿院的院长通了话。"波洛说,"越洋电话真是一种传奇性的工具,不是吗?和半个地球之外的人直接讲话。"

"传真照片也是传奇,科学就是我们最大的传奇。不过你刚才说到哪儿了?"

"我和梅瑞·安吉里卡通了话。她确认了安妮在玛丽孤儿院的经历。她很坦诚地说,她认为吉塞尔是和一个从事红酒贸易的法国人一起离开的。她很高兴吉塞尔没有对她的女儿产生什么影响,因为她觉得吉塞尔是在堕落。吉塞尔定期给女儿寄钱,但从未提出前去看望她。"

"你只是重复了今天早上我们听过的事情。"

"差不多,只是多了一些细节。安妮六年前离开孤儿院,去当一名美甲师。然后她给一位夫人当女仆,因此离开魁北克去了欧洲。她给院长写的信不多，不过一年至少两次。当院长从报上看到谋杀案的消息时，她意识到那个玛丽·莫里索就是曾住在魁北克的那个玛丽·莫里索。"

"那她丈夫呢？"福尼尔说，"既然我们知道了吉塞尔确实结过婚，那她丈夫也许是条很重要的线索？"

"我想到这个了。这也是我打电话的原因之一。乔治·莱曼，吉塞尔那个浑蛋丈夫，在战争早期就死了。"他停顿了一下，突然说，"我刚才说什么来着？不是最后那句，是之前那句。我产生了一个想法，但我没抓住。我说了什么有价值的事情。"

福尼尔把他的话大致重复了一遍，波洛不满地摇摇头。

"不，不，不是这些。好吧，算了……"

他转向简，开始和她交谈。

吃过饭，波洛建议大家去咖啡厅坐坐。简欣然同意，伸出手去拿桌上的手提包和手套。拿起那些东西时，她缩了一下手。

"怎么了，小姐？"

"哦，没事，"简笑了一下，"指甲折断了，我得磨一下。"

波洛突然坐了下来。

"我的天啊……"他小声说。另外两个人惊讶地看着他。

"波洛先生？"简叫道，"怎么回事？"

"我想起来为什么安妮·莫里索这样面熟了。我见过她，就在谋杀案发生当天的飞机上。霍布里夫人让她去拿修指甲的工具。安妮·莫里索是霍布里夫人的女仆。"

第二十五章 "我很害怕"

突然出现的新情况使午餐桌边的三人惊呆了,它为此案打开了全新的可能性。安妮·莫里索不再是一个远离悲剧的无关人物,事实上,案发时她就在现场。每个人都花了一两分钟重新调整自己的想法。

波洛胡乱挥了挥手,他闭着眼睛,脸由于痛苦的思索而扭曲了。

"再给我一两分钟,"他对另外两个人说,"我得好好想想,想想这一事实会对我的理论产生什么影响。我得回溯一下……我一定还记得……当时我的胃极不舒服,顾不上观察周围的情况。"

"所以她当时就在飞机上。"福尼尔说,"我明白了,我开始明白了。"

"我想起来了,"简说,"一个高个子,皮肤有点黑的女孩。"她半闭着眼睛回忆着,"玛德琳,霍布里夫人是这么叫她的。"

"没错,玛德琳。"波洛说。

"霍布里夫人让她到机舱后面去拿个盒子——一个深红色的化妆盒。"

"你的意思是,"福尼尔说,"她经过了她母亲的座位?"

"对。"

"动机,"福尼尔长叹了一口气,"还有机会……是的,都齐全了。"

接着,以一种和平时忧虑的样子不符的突发热情,他拍了一下桌子。

"但是,"他喊道,"为什么没人提到这一点?为什么她没有位于嫌疑人之列?"

"我告诉过你,我告诉过你,"波洛疲倦地说,"我倒霉的胃。"

"是的,我理解。但还有不受胃疼困扰的人啊——乘务员,还有其他乘客。"

"也许,"简说,"是因为时间上不对。那是飞机离开布尔歇机场不久发生的,而吉塞尔在之后一小时还好好地活着,她一定是很晚之后才被谋杀的。"

"这很有意思,"福尼尔沉思着说,"有没有可能毒药存在某种延续效果?有时候会发生这种事……"

波洛哼了一声,双手捂着脸。"我得想想,我得想想……难道我以前的推论都错了吗?"

"别在意,"福尼尔说,"这种事情时有发生。在我身上就发生过,也许你也会遇到。因此人需要偶尔将自尊心隐藏起来,重新调整思路。"

"说得对。"波洛说,"也许我对其中一件事的重要性过分依赖了。我期待找到一件东西;我果然找到了,于是我把整个推论都建立在那上面。但是,假如我一开始就错了,那件东西只是偶然出现在那里的,那么……是的,我就得承认我错了,完全错了。"

"我们无法忽视这样的一个逆转。动机和机会都出现在一个人身上,你还想要什么呢?"

"没有了,你一定是对的。延迟发作的毒药确实不同寻常——在实际操作中几乎是不可能的。但是一涉及毒药,不可能的事情确实会发生。需要考虑个体差异……"

他的声音低了下去。

"我们现在要定出一个行动计划。"福尼尔说,"首先,我觉得我们目前不能惊动安妮·莫里索。她并不知道你认出了她,她仍被当成是无辜的。我们已经知道她住的酒店,蒂博会帮我盯住她。法律上的事总有办法拖延。我们已经找到了动机和机会,现在我们要证明安妮·莫里索持有蛇毒。还有那个买过吹管、贿赂过佩罗特的美国人,也许他就是安妮的丈夫理查兹。我们只是听他自己说他在加拿大。"

"没错,她丈夫——那个丈夫……哦!等等。"波洛用双手按住了太阳穴,"都错了,我没有运用脑子里的灰色小细胞,没有遵从条理和方法。我直接跳到了结论上。我得出了别人希望我得出的结论。不,那是错误的。如果我最初的假设是正确的,我就不应该这么想……"

他停了下来。

"对不起,你说什么?"简问。

有一两分钟,波洛没有做出任何回答。然后他把手从太阳穴上移开,坐直了身体,摆正了眼前让他恼火的两根叉子和盐瓶。

"让我们来推理一下。安妮·莫里索要么有罪,要么无辜。假如她是无辜的,那她为什么要撒谎?为什么不愿说出自己是霍布里夫人的女仆?"

"是啊,为什么呢?"福尼尔说。

"所以我们就此判定她有罪,因为她说谎了。但是,等等,假如我的第一个假设是正确的呢?那么安妮·莫里索有罪,或者说安妮·莫里索撒了谎这一点,是不是能与之吻合?是的,确实有一种可能性使之吻合，那就是——安妮·莫里索本来不应当出现在飞机上。"

其他人带着礼貌而敷衍的兴趣看着他。福尼尔想：现在我知道那个英国人杰普是什么意思了。这老家伙的确喜欢把事情弄复杂，他宁愿坚持自己的先入之见，也不愿接受直截了当的答案。

简想：我不明白他的意思。为什么那个女孩不应该在飞机上？霍布里夫人让她去哪儿她就得去哪儿。他实在像个江湖骗子……

波洛猛然深吸了一口气说："当然，有这种可能，并且非常容易证实。"

他站了起来。

"你干什么？"福尼尔问。

"我去打个电话。"

"打到魁北克的越洋电话？"

"这次只不过是打到伦敦去。"

"给苏格兰场？"

"不，是给霍布里夫人在格罗夫纳广场的公寓，看看我能否幸运地找到夫人。"

"当心啊，如果安妮·莫里索发现了任何针对她的怀疑，对正在开展调查的我们，都是极其不利的。我们一定不能让她警觉起来。"

"放心吧，我会谨慎行事的。我只是问一个小问题，一个完全无害的小问题。"他微笑起来，"如果担心，你可以和我一起去。"

"不，不用了。"

"但我坚持如此。"

两个人一起去了，留下简独自坐在那里。

电话花了一点儿时间才接通。波洛很幸运，霍布里夫人正在家用午餐。

"您好，请告诉夫人，是赫尔克里·波洛，从巴黎打来的电话。"停顿了一会儿，"……是霍布里夫人？……不，不，都还好，我向你保证。不是为那件事。我有个小问题想问你……对……你从巴黎乘机去英国，通常要带上仆人吗？还是让她乘火车？火车……所以这次是个例外……我明白了。啊，她离开你了，我明白了，非常突然……哦，哦……对，对，别担心。好了，谢谢。"

他放下听筒，转向福尼尔，绿眼睛闪闪发光。

"听好了，我的朋友。她的仆人通常乘船或是火车。吉塞尔夫人被害那一天，她临时决定让仆人也乘飞机。"他一把抓住福尼尔的手臂，"我们赶快去她的饭店。如果我的想法是正确的——一定是正确的——已经没有时间了。"

福尼尔瞪着他，但还没等他开口提问，波洛已经跑到了饭店的旋转门旁。

福尼尔赶紧追上他。"我不明白，这是怎么回事？"

门卫为他们打开出租车的门。波洛跳进去，给了司机安妮·莫里索下榻的饭店的地址。"开快一点儿！越快越好！"

福尼尔也连忙跳上车。"你被什么虫子咬到了？为什么像发了疯一样着急地赶过去？"

"因为，我的朋友，如果我的想法是正确的，安妮·莫里索此刻有生命危险。"

"你这么认为？"福尼尔忍不住怀疑地问。

"我很害怕，非常害怕。哎呀，这辆车简直是在爬行。"

然而，此刻出租车的时速达到了四十英里，司机正靠着敏锐的眼睛迅速穿梭于车流中。

"它爬得这么慢，我们迟早会出事的。"福尼尔讽刺说，"还有格雷小姐,她还在等我们打完电话回去,我们却不辞而别,这可不太有礼貌!"

"有没有礼貌不要紧,现在是生死攸关的问题。"

"生死攸关?"福尼尔耸了耸肩。他想:本来进展顺利,但这个顽固的老疯子可能会把一切都搞糟了。万一那个女孩发觉我们正在追踪她——

他试图劝说波洛:"你看,波洛先生,我们得理智一点。我们必须小心行事。"

"你不明白,"波洛说,"我很害怕,非常害怕——"

出租车猛地发出刹车声,停在安妮·莫里索所往的那个安静的饭店门前。波洛一个箭步冲了进去,差点撞上走出饭店的一个年轻人。波洛站住了,寻找着他的身影。"我记得这张脸,是在哪儿?对,是那个演员,雷蒙德·巴勒克拉夫。"

当他要走进饭店的时候,福尼尔拉住了他的手臂。"波洛先生,我对你的思维方法表示赞赏和钦佩,但我强烈请求你不要贸然行事。我是这件案子的法国方面负责人——"

波洛打断了他。"我理解你的顾虑。我当然不会贸然行事。让我们问问前台,如果理查兹夫人在这儿,一切安好,那就不会造成任何影响,我们可以进一步探讨之后的计划,你不反对吧?"

"不,当然不。"

"很好。"

波洛穿过旋转门,走向前台,福尼尔跟着他。

"你们这儿住了一位理查兹夫人?"波洛问。

"不,先生,她原本住在这儿,但是今天离开了。"

"她离开了?"福尼尔问。

"是的，先生。"

"什么时候？"

职员看了一眼钟。"差不多半个小时前。"

"她是突然离开的吗？去哪儿了？"

职员听到这个问题僵住了，拒绝给出答案，直到福尼尔出示了证件，他才变得热心起来。

据他说，这位夫人没有留下地址。他认为她是突然改变计划离开的，她本来说要在这里待一周。

他们招来了门卫、行李员和电梯工，问了更多问题。门卫说一位先生来找过她，当时她出去了，他一直等到她回来，然后一起吃了午饭。他像是个典型的美国人。她见到他的时候很吃惊。吃过饭，她要求把自己的行李送下来，叫了辆出租车走了。

她去的是火车北站，至少当时她对司机是这么说的。那个美国人没有和她一起去。

"火车北站，"福尼尔说，"这意味着她打算去英国。两点钟的火车。不过这也许是避人耳目的手段。我们得立即和布伦方面联系，同时找找那辆出租车。"

此时，似乎波洛感受到的恐惧也感染了福尼尔，法国人的脸色焦急起来。他迅速有效地联系了警方，开始行动。

五点钟时，简还在咖啡厅里坐着，拿了一本书看。她抬起头，看到波洛走了过来。

她张开嘴，想责备波洛，但什么都没说。她被波洛的表情制止住了。

"怎么了？"她问，"发生了什么事？"

波洛把她的两只手都握在了手里。

"生活是非常残酷的,小姐。"他说。

他的语气让简感到害怕。

"发生了什么事?"她又问了一遍。

波洛慢慢地说:"当联运火车到达布伦时,他们发现一个女人死在头等舱里。"

简的脸失去了血色。"安妮·莫里索?"

"安妮·莫里索。她手里拿着一个蓝色的小瓶,里面装着氢氰酸。"

"哦!"简说,"是自杀?"

波洛没有回答。过了一会儿,他小心翼翼地选择着词汇说:"对,警方认为是自杀。"

"那你呢?"

波洛慢慢地摊开双手。"我还能怎么想呢?"

"她自杀了?为什么?因为懊悔,还是因为害怕被发现?"

波洛摇摇头。"生活是残酷的,人需要很大的勇气。"

"去实施自杀?我想是这样。"

"去继续生活。"波洛说,"人需要勇气来活下去。"

第二十六章 晚餐后的演讲

第二天，波洛离开了巴黎。简留了下来，完成他列出的一张清单上的工作。大多数事情在简看来都没有什么意义，但她仍努力去逐项完成。她见了让·杜邦两次，他谈到了简即将参加的探险。简不敢违背波洛的指示，只好尽力敷衍，然后把话题引到别处。

五天之后，一封电报将简召回了英国。诺曼到维多利亚车站来接她，他们讨论了最近发生的事情。

安妮·莫里索自杀的消息没有引起公众的关注。报上只刊载了一小段文字，说一位来自加拿大的理查兹夫人在巴黎至布伦的快车上自杀了，仅此而已。没有人提到自杀事件与飞机谋杀案之间的关联。

诺曼和简都感到喜气洋洋，他们的麻烦如同预期的一样，已经要结束了。诺曼的喜悦之情稍逊于简。

"他们可能怀疑她杀了自己的母亲，但是她这样一死，也许他们就不会再查下去了。除非警方将这个案子的结果公之于众，否则我看不出我们能时来运转。在公众眼里，也许我们永远成了嫌疑人！"

几天之后，他在皮卡迪利大街上遇见了波洛，说了同样的话。

波洛笑了。"你和其他人一样，都以为我是一个一事无成的老家伙。听着，今天晚上我请你吃饭，杰普和我们的老朋友克兰西也来。我有一些有趣的事情告诉大家。"

晚餐的过程很愉快。杰普有点高人一等的样子，但脾气很好。诺曼对谈话很感兴趣，小个子克兰西先生则一副惊奇的样子，几乎和他发现那根毒针时一样。波洛很明显并没有试图给克兰西留下深刻印象。

晚餐后，喝过咖啡，波洛以一种略微尴尬的态度清了清嗓子，暗示自己的重要性。

"朋友们，"他说，"克兰西先生表示对我的推理方式很感兴趣。我想，如果你们不觉得无聊的话——"他停下来，诺曼和杰普很快地说："不，不，非常感兴趣。"

波洛继续说："我会简要介绍一下在这个案子里，我所使用的方法。"

他停下来查看自己的笔记。杰普小声对诺曼说："他正自得其乐，不是吗？那个小个子，自负是他的中间名。"

波洛责备地看了他一眼，清了清嗓子。三张脸带着礼貌的兴趣转向他。

"我将从头说起。我从巴黎乘坐普罗米修斯航班前往克里登，航程中发生了不幸。我将告诉你们我当时真实的想法和印象，以及后来的事件是如何让我逐步调整看法的。

"当我们快要到达克里登时，乘务员找到布莱恩特医生去检查尸体。我跟着他们走了过去，当时我觉得可能会用上我的专业知识。谁知道呢？在谈及死亡时，我的观点可能过于专业了。在我心目中，死亡有两种：和我的职业有关的，还有无关的。尽管后者显然更多，但无论如何，一遇到死亡事件，我就像一只闻到了气味的狗。

"布莱恩特医生证实那个女人已经死了。至于死因，在没有进行详细的化验分析的情况下，他显然不能直接判断。这时有人提出了一个观点，认为死亡可能是一只黄蜂引起的。这个人是让·杜邦先生。为了说明自己的假设，他指给我们看一只黄蜂，说是自己弄死的。

"于是我们得出了一种看似可信的结论，大家都迅速接受了。死者脖子上有个针眼，很像黄蜂螫咬后留下的。而且飞机上确实有过一只黄蜂。

"但就在这个时候，我很幸运地看见了另一件东西。它本来有可能被看成另一只黄蜂，但实际上，它是一根毒针，缠着黑黄相间的丝带。

"这时克兰西先生走了过来，认为毒针是由某个部落的土著用吹管发射的。不久，你们都知道，吹管也被发现了。

"到达克里登的时候，我脑子里已经有了几个主意。一旦我们落在了平稳的地面上，我的大脑就能进一步发挥它惯常的智慧了。"

"快说吧，波洛先生。"杰普说，"别假装谦虚了。"

波洛瞥了他一眼，继续说下去。

"首先，我注意到一点（大家也都注意到了），就是凶手的胆大妄为。而且竟然没有一个人注意到！

"还有两点使我费解，一是黄蜂的出现，它似乎来得太方便了；第二个是我们找到了吹管。我曾问过杰普，凶手为什么不把凶器从通风口扔出去？那样的话，毒针的来源就不易追踪了，而吹管上面是有价签的，查起来容易得多。

"结论是什么？显然，凶手希望我们能找到吹管。

"但为什么呢？只有一个符合逻辑的答案。如果我们同时找到了一根毒针和一支吹管,会很自然地假设毒针是由吹管发射的。因此,实际上,凶手一定不是用吹管来发射毒针的。

"另一方面,化验结果表明死亡确实是由毒针所致。我闭上眼睛问自己:将毒针置入颈部静脉最可靠的方式是什么呢?我立即有了答案:用手。

"这就使我们明白了为什么那根吹管必须被找到。吹管意味着一件事:距离。如果我的理论正确,凶手一定不是隔着一段距离,而是走到吉塞尔夫人桌前,弯腰实施谋杀的。

"有谁能做到这一点?有两个人,两个乘务员,他们可以经过吉塞尔的座位,弯下腰去,谁也不会觉得奇怪。

"还有别人吗?有,克兰西先生。所有乘客当中只有他经过了吉塞尔的座位,而且也是他首先提出了用吹管发射毒针这一理论。"

克兰西先生跳了起来。"我抗议,我抗议!这是诬陷。"

"坐下,"波洛说,"我还没有把话说完。我正在讲述我得出结论前的每一个步骤。

"于是我有了三个嫌疑人:米切尔、戴维斯和克兰西。从表面上看,他们没有一个人像是凶手,不过我们还需要做进一步的调查。

"接下来我又思考了黄蜂的事,它具有启发意义。在送咖啡之前没有人注意到它,这本身就有些蹊跷。我设想了一种理论来解释这件谋杀案。凶手为这起案子准备了两种解释。第一个,也是最简单的一个:吉塞尔夫人是由黄蜂蜇咬致死的,这意味着凶手需要找机会收回那根毒针。我和杰普都认为这本来是很容易办到的,只要没人怀疑到这个案子另有玄机。毒针上缠着的黄黑两色丝带,显然是有意在模仿黄蜂。这是为凶手预设的第一种情况而准备的。

"凶手将毒针刺入吉塞尔夫人的颈部,同时放出了黄蜂。毒药威力很大,死亡立即发生了。假如吉塞尔喊叫,由于飞机的噪声,其他乘客也无法听见。如果有人听见了,那么一只嗡嗡飞舞的黄蜂就可以解释惊叫的产生。

"这就是我刚才说的,凶手的设想之一。但是,假如毒针在凶手收回之前就被发现——实际情况也是这样,那么事情就闹大了,没法当成自然死亡了。因此吹管不能被塞出通风口毁掉,而要让它在搜查时轻易被我们找到,以使得吹管作为凶器的结论成立。这样一来,会造成凶器是从一定距离外发射的印象,警方也会寻觅吹管的来源,将怀疑引向特定的方向。

"现在我对整个案子有了一套理论,同时又多了一个怀疑对象——让·杜邦先生,那个提出黄蜂致死这一说法的人。而且他坐在过道边,离吉塞尔夫人非常近,说不定可以在不引人注意的情况下探身实施谋杀。但另一方面,我认为他不太可能冒此风险。

"我继续思考黄蜂的事情。假如凶手将黄蜂带上飞机,并且在想要引发心理盲区的时候将其释放出来,那他一定得有一只类似小盒子的东西来装黄蜂。

"于是我对乘客的行李物品产生了兴趣。结果我遇到了完全没有想到的结果。我找到了期待的东西,但它出现在一个错误的人身上。一个空的小火柴盒在盖尔先生口袋里被发现了。所有的人都证明他没有离开过自己的座位,他只去过一次洗手间,然后回到了座位。

"尽管如此,盖尔先生也不是完全不可能作案的。他公文包里的东西给出了一种可能性。"

"公文包?"诺曼·盖尔被逗乐了,同时感到不解,"我现在都想不起来里面装着什么了。"

波洛和蔼地微笑说:"别着急,我会说到那个的。现在先听听我最初的看法。现在我手上有了四个嫌疑人——从可能性上讲,是两个乘务员、克兰西先生和盖尔。

"现在,我开始从作案的动机上分析。如果动机能与可能性相符,我就找到凶手了。但是,我找不到这样的线索。杰普总是指责我把事情弄复杂,但实际上,我都是从最简单的角度来看问题的。吉塞尔夫人一死,谁会直接受益?显然是那个还未出场的女儿,她将继承一大笔财产。还有其他一些人——或者我们应该说,还可能有其他一些人,处在吉塞尔的控制之下。我们需要用淘汰法筛选机上的乘客。只有一个人与吉塞尔的联系是毫无疑问的,那就是霍布里夫人。

"就动机而言,霍布里夫人的情况很明确。她从巴黎出发的前一天晚上曾经去找过吉塞尔。她走投无路,而她有一位年轻的演员朋友,可以装扮成美国人去买那支吹管,还可以贿赂寰宇航空公司的售票员,确保吉塞尔夫人搭乘十二点钟的飞机。

"现在,我手上的问题被分成了两半。霍布里夫人亲自作案不太可能,克兰西和盖尔作案的动机又不存在。但是在我脑海深处,始终没有忘记那个未出场的女儿。这四个嫌疑人结过婚吗?有没有可能其中一人是安妮·莫里索的丈夫?如果她的父亲是英国人,她有可能是在英国长大的。我很快排除了米切尔的妻子,她来自多塞特的一个大家族。戴维斯正在追求一位姑娘,但那位姑娘的父母都健在。克兰西没有结婚,而盖尔先生正拼命地博取格雷小姐的好感。

"我得说,听说格雷小姐是在都柏林的孤儿院长大的之后,我仔细调查了她的身世,并确认了她不是吉塞尔夫人的女儿。

"我制作了一张表格,注明吉塞尔之死对我怀疑对象的利与弊。乘务员从吉塞尔夫人之死中既没有获利也没有损失,只不过米切尔一直处在震惊中。克兰西获得了撰写下一部书的题材,很可能从中获利,而盖尔的病人们都离他而去了。这看起来也没什么帮助。

"但是,从这个时候开始,我已经确信诺曼·盖尔就是凶手,因为他的空火柴盒和公文包里的东西。吉塞尔之死给他造成了损失,不过那可能是一种假象。我决定进一步了解他。从我的经验来看,没有哪个人能在谈话中保守自己的秘密,他们迟早都会说出来。每个人都有谈论自己的冲动。

"我开始博取盖尔的信任。我假装信赖他,甚至请他出面协助敲诈霍布里夫人。在那时,他犯下了第一个错误。

"我建议他稍作化装,结果他带着一身荒唐至极的伪装出现在我面前!简直是一出闹剧。没有人能比他演得更糟了。为什么要这样做?因为他害怕自己的犯罪事实被发现,因而极力掩藏自己是个好演员的事实。当我除掉了他可笑的伪装,他的表演才能自然而然显现出来了。他在霍布里夫人面前的表演出色极了,她没有认出他。我确信,以他的才华,有能力在巴黎假扮美国人,也能在航班上扮演那个角色。

"从那时起,我为格雷小姐感到忧心。她要么是他的同谋,要么是完全无辜的——而如果是后者,她也会成为受害者,也许她某一天醒来,发现自己嫁给了一个杀人凶手。为了避免一场婚姻悲剧,我把她当成自己的秘书带到了巴黎。

"不久,吉塞尔夫人的合法继承人出现了。我觉得她看起来非常眼熟,但当我想起她是谁时,已经晚了……

"当发现她其实就在飞机上,并向我们撒了谎时,我的理论几乎全被推翻了。她几乎毫无疑问就是那个有罪的人。但如果她有罪,那么她必定有一个同谋——那个购买吹管,并贿赂航空公司售票员的人。

"那人会是谁呢?是她丈夫吗?突然,我看到了真正的答案——我是说,假如有一点能得以证实,它就是这个事件的解答了。为了证实这一点，我给霍布里夫人打电话，得到了答案。那个女仆玛德琳，是因为主人最后一刻心血来潮才坐上飞机的。"

波洛停了下来。

克兰西说："恐怕我还是不明白。"

"你什么时候才不再把我看成是凶手了呢？"诺曼问。

波洛扭头正视着他。"永远不会。你就是凶手！等等，我会告诉你所有的事。上个星期我和杰普都很忙，进行了大量调查。的确，为了取悦你叔叔约翰·盖尔，你当上了牙科医生，并借用了他的姓。然而他其实不是你叔叔，而是你舅舅，你是他妹妹的孩子。你其实姓理查兹，就是你，去年冬天在尼斯遇见了霍布里夫人的女仆安妮·莫里索。她所说的自己的童年是真实的，但以后的情况则是由你精心编造的。

"其实她知道自己母亲的婚前姓名。当时吉塞尔在蒙特卡洛，有人把她指给你看，并说出了她的真实姓名。你意识到这是一个获取大笔财富的绝好机会，这正符合你赌徒的性格。从安妮·莫里索那里，你得知了霍布里夫人和吉塞尔的关系，于是一个罪恶的计划在你的头脑中产生了：谋害吉塞尔夫人，同时让嫌疑落在霍布里夫人的身上。你贿赂了寰宇公司的售票员，使吉塞尔能够与霍布里夫人同乘一架飞机。安妮·莫里索告诉你说她将乘火车去英国，你绝没想到她也上了飞机，这几乎毁了你的整个计划。你先前的打算是，因为她有不在场证明，所以可以合法获取遗产。然后你就可以和她结婚。那姑娘对你十分迷恋，你看中的却是她的钱。

"你的计划还遇上了另一个麻烦。你在皮内遇上了简·格雷小姐，并疯狂地迷上了她。你对她的迷恋让你玩起了更危险的游戏。

"你希望既能拿到钱，又能和你爱的人结婚。既然你是为钱杀人，你也不打算放弃到手的果实。你威胁安妮·莫里索说，一旦她暴露自己的真实身份,她将涉嫌谋杀。你劝诱她向主人告假几天,去鹿特丹和你结了婚。

"在适当的时候,你教给她如何出面去要那笔钱。你让她不要说出自己是霍布里夫人的女仆,而且要说明案发时她和丈夫都在国外。

"不幸的是,安妮和我到达巴黎碰巧是在同一天,而格雷小姐也跟我在一起。这对你的计划是个重大的打击。不管是格雷小姐还是我,都有可能认出安妮就是霍布里夫人的女仆。你试图与她联系,但没有成功。于是你亲自前往巴黎,但她已经去找律师了。当她回来后,告诉你她见到了我。情况已经变得十分危险了,你决定尽快采取行动。

"你早已决定,你的新婚妻子拿到财产之后,你不会让她活多久的。在结婚的当天,你们就立下了一方死去,另一方继承所有遗产的遗嘱。相当感人的条款。

"你打算非常悠闲地执行你的计划。首先你会去加拿大,表面上是因为你的职业出了麻烦。在那儿,你将重新恢复理查兹的名字,而理查兹夫人会去那里找你。都一样,我不认为理查兹夫人能活多久,她很快会令人遗憾地去世,留给你巨额财产。然后你再从加拿大回到英国,恢复诺曼·盖尔的名字,声称你在加拿大的投机生意中挣了一大笔钱。但现在,你发现自己不能浪费时间了。"

波洛停下来,诺曼·盖尔仰头大笑。

"你真聪明,能推测别人想要做什么。你应当去干克兰西先生那一行!"他的声音低沉下来,变得愤怒,"这一切都是你的想象,波洛先生,你没有证据!"

波洛毫不畏缩。

"也许吧,但我确实有证据。"

"真的?"诺曼冷笑道,"也许你能证明我是怎么杀掉吉塞尔的,而当时飞机上的所有人都清楚地看到我从未接近过她？"

"我会告诉你说你是怎么行凶的。"波洛说,"你公文包里中有什么东西呢？你去休假,为什么还带着牙医的制服？我问自己这个问题,而我的答案是：因为它和飞机乘务员的服装相似。

"你就是这么做的：当咖啡已经送完,乘务员去往前舱时,你去了洗手间,换上牙医服装,用棉球在脸上稍微做了点化装。你从洗手间对面的餐具架上拿起一把勺子,以乘务员的步伐迅速走到吉塞尔夫人的桌前,将毒针按进她的颈部,打开火柴盒,放出了黄蜂,然后又迅速回到洗手间换上原来的衣服,再回到自己的座位上,整个过程只需要几分钟。

"没有人会注意到乘务员的走动。唯一有可能发现你的只有格雷小姐。但你很了解女人！和一位英俊男子一道旅行时,只要发现周围没有别人了,她一定会抓住这个机会对着镜子打扮一番。"

"这真是个有趣的理论,"盖尔讥讽地说,"但事情并不是这样。还有什么吗？"

"还有不少呢。"波洛说,"就像我说的那样,在谈话中,你泄露了自己的秘密。你冒失地提到了自己曾在南非的一个农场做过事。虽然你没有说那个农场是干什么的,但是我们查出来了。那是个饲养蛇类的农场。"

诺曼第一次显出了害怕的神情,他想开口,但没有说出话来。

"你在那儿的名字是理查兹。我们传真过去一张照片,他们认出来了。那正是在鹿特丹与安妮·莫里索结婚的同一个人。"

诺曼·盖尔又一次试图开口,但失败了。他整个人似乎都发生了变化,那个英俊、活力四射的年轻人变成了一个老鼠似的角色,惊惧的眼睛四下搜索逃跑的路线,但是一条也找不到。

"你的草率毁了你的计划。"波洛说,"玛丽孤儿院院长给安妮发去的电报,使得事情不得不加速进行。如果忽略那封电报,就太可疑了。你向妻子施压,告诉她说由于你们俩都在飞机上,她泄露出的任何真实情况必将导致你们涉嫌谋杀。而当你知道我已经见过了安妮·莫里索之后,你加快了速度。你害怕我会从她那里问出真相,而她自己有可能也已经开始怀疑你了。你设法将她从饭店诱骗出来,上了联运火车。在车上你强迫她服用了氢氰酸,并将空瓶放入她的手中。"

"一派胡言。"

"哦,不。她脖上有伤痕。"

"谎言,我告诉你!"

"并且瓶上留下了你的指纹。"

"谎言!我明明戴了——"

"啊,你明明戴了手套?我想,这句话把你出卖了,先生。"

"你这个该死的多管闲事的骗子!"盖尔的脸扭曲变色,在盛怒中朝波洛扑过去。但杰普动作快得很,牢牢抓住了他。

"詹姆斯·理查兹,化名诺曼·盖尔,由于涉嫌谋杀。正式被捕。你现在所说的任何话都可能被记录并当作呈堂证供。"

这个男人开始瑟瑟发抖,濒临崩溃的边缘。等在外面的几个便衣进来把他带走了。

当克兰西先生单独留下来和波洛一起时,他欣喜地吸了一口气。

"波洛先生,"他说,"这绝对是我经历过的最激动人心的事!你真了不起!"

波洛谦虚地一笑。

"不,不,杰普也同样有功劳,他弄清楚了理查兹的身份。加拿大警方一直在通缉理查兹。那儿有一起女孩的自杀案,一经调查,发现原来是谋杀。"

"真可怕。"克兰西先生尖声说。

"一个谋杀犯,"波洛说,"和许多谋杀犯一样,对女人非常有吸引力。"

克兰西先生咳嗽起来。

"那个可怜的女孩,简·格雷。"

波洛伤心地摇摇头。"是的。我对她说过生活总是很残酷的。但她是一个有勇气的姑娘,能够渡过难关的。"

他漫不经心地开始收拾桌上被弄乱了的一堆照片,那是诺曼跳起来的时候碰的。有一张照片吸引了他的注意力,是维尼蒂娅·克尔在赛马会上的快照,她正和霍布里伯爵谈话。

波洛把照片递给克兰西。

"你看到了吗?不出一年,维尼蒂娅·克尔将和霍布里伯爵结婚。你知道那是谁安排的吗?我,赫尔克里·波洛!我还要去安排另一桩婚事。"

"霍布里夫人和巴勒克拉夫?"

"不,不,我对他们不感兴趣。"他倾身向前,"我说的是让·杜邦先生和简·格雷小姐。你看着吧。"

一个月后简找到了波洛。

"我应当恨你,波洛先生。"

她变得苍白,瘦了不少,脸上还有黑眼圈。

波洛温和地说:"你可以有一点恨我。不过我认为你是那种宁愿直面现实,也不愿生活在谎言的天堂里的人。在那样的天堂里你也活不长久,他太习惯于除掉身边的女人了。"

"他可真是非常英俊迷人啊。"简说。说完她又加了一句:"我想自己再也不会恋爱了。"

"是啊,"波洛表示同意,"生活的这扇大门关上了。"

简点了点头。

"但我现在一定要找到工作——找到一些有趣的事情,让我把这些都忘掉。"

波洛靠回椅子上,望着天花板。

"我建议你跟杜邦父子一起去波斯。那是一件有趣的工作。"

"但是……但是……我以为那只是你的一个障眼法。"

波洛摇摇头。"正相反,我对考古学和史前陶器的兴趣越发浓厚了。我已经给他们送去了我所答应过的捐款支票。今天早上,我听到了他们的消息,他们正期待你的加入。你能画图吗?"

"是的,我在学校里画得还不错。"

"太好了,我相信你会享受这个考古季的。"

"他们确实期待我加入吗?"

"他们就等着你了。"

"这会很不错的,"简说,"远离这一切——"

她的脸红了一点点,怀疑地看着波洛。

"波洛先生,你不是……你不是……在帮我吧?"

"帮你?"波洛活灵活现地表示了惊恐,"我可以向你保证,当涉及金钱时,我完全是个生意人。"

他看起来一副被冒犯的样子,简只好马上请求他原谅。

"我想,"她说,"我最好去博物馆看看古代的陶器。"

"是个好主意。"

走到门边时,简停下来,又返回屋里。

"你也许没有特意在这件事上帮我,但你确实一直对我很好。"

她在波洛的额头上落下一吻,然后离开了。

"啊,真不错!"赫尔克里·波洛说。

Death in the Clouds

Copyright © 1935 Agatha Christie Limited. All rights reserved.
© 2013 Letter for Chinese Reader, New Star Edition by Mathew Prichard
www.agathachristie.com
The Poirot icon is a trademark, and AGATHA CHRISTIE, POIROT,
and the AC Monogram Logo are registered trade marks of Agatha Christie Limited in the UK and elsewhere. All rights reserved.
Published by agreement with ACL.
Simplified Chinese edition copyright: 2024 New Star Press Co., Ltd.

图书在版编目（CIP）数据

云中命案／（英）阿加莎·克里斯蒂著；于婉青译．--2版．-- 北京：新星出版社，2021.8（2024.9重印）

ISBN 978-7-5133-4029-8

Ⅰ.①云… Ⅱ.①阿… ②于… Ⅲ.①侦探小说－英国－现代 Ⅳ.① I561.45

中国版本图书馆 CIP 数据核字（2021）第 072104 号

午夜文库
谢刚 主持

云中命案

［英］阿加莎·克里斯蒂 著；于婉青 译

责任编辑： 王　欢
责任印制： 李珊珊
封面插图： 宣　和
装帧设计： 周伟伟

出版发行：新星出版社
出　版　人：马汝军
社　　址：北京市西城区车公庄大街丙3号楼　　100044
网　　址：www.newstarpress.com
电　　话：010-88310888
传　　真：010-65270449

读者服务：010-88310811　　service@newstarpress.com
邮购地址：北京市西城区车公庄大街丙3号楼　　100044

印　刷：北京天恒嘉业印刷有限公司
开　本：910mm×1230mm　　1/32
印　张：7.25
字　数：101千字
版　次：2021年8月第二版　　2024年9月第四次印刷
书　号：ISBN 978-7-5133-4029-8
定　价：42.00元

版权专有，侵权必究；如有质量问题，请与印刷厂联系调换。